侦探小说

哲学论文

[德] 西格弗里德·克拉考尔 著

黎静 译

著作权合同登记号 图字：01-2014-6229

图书在版编目（CIP）数据

侦探小说：哲学论文 /（德）西格弗里德·克拉考尔 (Siegfried Kracauer) 著；黎静译. —北京：北京大学出版社，2017.7
（雅努斯思想文库）
ISBN 978-7-301-28353-0

Ⅰ.①侦…　Ⅱ.①西…②黎…　Ⅲ.①侦探小说 – 小说研究 – 德国 – 现代　Ⅳ.①I516.074

中国版本图书馆CIP数据核字（2017）第095378号

DER DETEKTIV-ROMAN: Ein philosophischer Traktat
© Suhrkamp Verlag Frankfurt am Main 1971.
All rights reserved by and controlled through Suhrkamp Verlag Berlin.
Introduction © 2015 by Inka Mülder-Bach

书　　　名	侦探小说：哲学论文
	ZHENTAN XIAOSHUO: ZHEXUE LUNWEN
著作责任者	[德] 西格弗里德·克拉考尔 著　黎静 译
责任编辑	邹震　周彬
标准书号	ISBN 978-7-301-28353-0
出版发行	北京大学出版社
地　　　址	北京市海淀区成府路205号　100871
网　　　址	http://www.pup.cn　新浪微博:@北京大学出版社 @培文图书
电子信箱	pkupw@qq.com
电　　　话	邮购部 62752015　发行部 62750672　编辑部 62750883
印　刷　者	三河市国新印装有限公司
经　销　者	新华书店
	787毫米×1092毫米　32开本　6.375印张　110千字
	2017年7月第1版　2017年8月第2次印刷
定　　　价	49.00元

未经许可，不得以任何方式复制或抄袭本书之部分或全部内容。
版权所有，侵权必究
举报电话：010-62752024　电子信箱：fd@pup.pku.edu.cn
图书如有印装质量问题，请与出版部联系，电话：010-62756370

目录

- 001 《侦探小说》导读 / 因卡·米尔德-巴赫
- 019 引 言
- 023 领 域
- 049 心理学
- 059 酒店大堂
- 075 侦 探
- 093 警 察
- 109 罪 犯
- 119 转 化
- 133 过 程
- 171 结 局

- 179 索 引
- 195 译者的话

《侦探小说》导读

因卡·米尔德-巴赫[*]

通过对《从卡里加利到希特勒》(*From Caligari to Hitler*，1947) 和《电影的理论》(*Theory of Film*，1960) 这两本成书于美国并原以英文写就的著作的翻译，迄今为止，西格弗里德·克拉考尔在中国首先以电影史学家和电影理论家著称。现在，摆在读者面前的这部《侦探小说》中译本则会带大家了解

---

* 因卡·米尔德－巴赫 (Inka Mülder-Bach)，德国慕尼黑大学语言文学学院教授 (Fakultät für Sprach- und Literaturwissenschaften, Ludwig-Maximilians-Universität München)。1985 年，米尔德－巴赫教授以《西格弗里德·克拉考尔：理论和文学之间的越境者》(*Siegfried Kracauer. Grenzgänger zwischen Theorie und Literatur*) 为题出版了她的博士学位论文，这本研究克拉考尔早期写作的专著是克拉考尔研究领域的拓荒力作；其后，米尔德－巴赫教授一直致力于克拉考尔作品的整理和研究，她与人共同主持编辑的最新校勘版克拉考尔文集已在苏尔坎普出版社 (Suhrkamp) 陆续出版。(如无特别说明，本书以"＊"号标注的注释为中译注)

侦探小说
Der Detektiv-Roman

他写作的另一个时期和另一些面向。《侦探小说》写作于1922年至1925年,不过,除了其中一个章节,[1] 本书在其作者有生之年没有被公开发表,它代表了克拉考尔在魏玛共和国期间创作活动的一个特定阶段,在此期间,作为传奇的《法兰克福报》(Frankfurter Zeitung)的编辑,克拉考尔凭借其随笔、批评、专栏文章、小说和理论文章跃升至德国近代最重要的哲学家和社会学家的行列。《侦探小说》是对他终其一生与现代大众文化诸现象进行论争的一份早期证明,同时见证了滋养这一论争的理论冲动。

自从天才侦探西·奥古斯特·杜宾(C. Auguste Dupin)在埃德加·爱伦·坡的短篇小说《毛格街血案》(The Murder in the Rue Morgue,1841)中首次登场,侦探小说的类型在全欧

---

[1] 在本书手稿未予公开长达四十年后,才有一段节选问世,即1963年的选集《大众装饰》(Das Ornament der Masse)中的"酒店大堂"("Hotelhalle")章节,《大众装饰》的出版在德国开启了对魏玛时期作家克拉考尔的再发现。《侦探小说》的首次完整发表发生在克拉考尔去世之后:《西格弗里德·克拉考尔文集》(Siegfried Kracauer: Schriften),第一卷,卡斯滕·维特(Karsten Witte)编辑,美茵河畔法兰克福:苏尔坎普出版社,1971年,第103—204页。校订和评注版见《西格弗里德·克拉考尔作品集》(Siegfried Kracauer: Werke),因卡·米尔德-巴赫、因格里德·贝尔克(Ingrid Belke)主编。第一卷《社会学作为科学;侦探小说;雇员们》,因卡·米尔德-巴赫选编,米尔加姆·文策尔(Mirjam Wenzel)协助,苏尔坎普出版社,2006年,第103—209页。

文学中的地位便扶摇直上。克拉考尔是最早对这一类型作品进行理论表述的人之一。然而，介绍类型历史、叙述其发展或者描述单个作品，这些在他看来全无意义。他的兴趣在于对一种审美形式进行历史哲学的和形而上学的阐释。他的研究在方法论上受到格奥尔格·冯·卢卡奇（Georg von Lukác）《小说理论》（*Theorie des Romans*，1920）的启发，克拉考尔在1922年曾详细讨论该书并评价它是当时代最重要的哲学成果之一。《侦探小说》与瓦尔特·本雅明（Walter Benjamin）几乎同时完成的论文《德意志悲苦剧的起源》（*Ursprung des deutschen Trauerspiels*，1928）也存在某种程度的相似。不过，本书的独特之处以及对克拉考尔而言具有突破意义的是，他让一种"在大多数受过教育的人看来，只是无关文学的粗制滥造"（107）*的文学类型获得了一番形而上学的释义，而且，反过来又以此方式在一种微不足道的文学现象上试验了各种形而上学的范畴。当卢卡奇将他对新时代的诊断表述为"被神弃绝的世界"（gottverlassene Welt）并在论及欧洲浪漫主义文学正

---

* 米尔德-巴赫教授在本文中对《侦探小说》的引用皆出自《克拉考尔作品集》第一卷（因卡·米尔德-巴赫主编，苏尔坎普出版社，2006年），括号中所注明的为相应页码。由于行文有差异，译者在翻译本导读对《侦探小说》正文的引用时没有采用和中译本正文完全一致的译法。

典文本时说出新时代个人"先验的无家可归"(transzendentale Obdachlosigkeit)的著名论断时,在克拉考尔这里,一跃成为现代之讽喻的正是柯南·道尔、吉尔伯特·凯斯·切斯特顿(Gilbert Keith Chesterton)、莫里斯·勒布朗(Maurice Leblanc)和加斯顿·勒鲁(Gaston Leroux)的通俗故事。依据他所考察的主导论题,这些故事向"全盘理性化的文明社会""执起一面变形镜",这个社会可以在其中辨认出自己的"胡作非为":"它们呈现的图像足叫人惊惧:它表明社会的一种状态,在其中,无所拘系的智性已经赢得了最终胜利,人与事仅止于外在的杂处并置让人感到惨白而缭乱,原因则是,这幅图像把被人为阻断的现实扭曲成了怪相。"(107)尽管合理性(Rationalität)和逻辑洞察力在爱伦·坡之后成为了侦探办案的构成特征,同时也在后来的类型理论中一再得到相应强调,但克拉考尔所说的"全盘理性化的文明社会"、"无所拘系的智性"和"被人为阻断的现实"却有着特定的前提。这些前提在其早期作品的语境中展开,而关于侦探小说的研究即从这些作品发展而来。

在第一次世界大战之后席卷克拉考尔同代其他知识分子的精神及政治的觉醒氛围,最初在克拉考尔的作品里鲜有踪迹。他没有感到身处于一个新时代的开始,而是觉得来到了一个历史性"瓦解过程"的终点，[1] 他认为，在这个瓦解过程中，随着"一种捕捉总体实在之意义的消失"，[2] "自我和世界之间的脐带"（186）被扯断，同时，存在（Sein）在孤立的主体中意义充实的总体性和事物的某种混乱的多样性都碎裂了。超越视域的丧失、传统联系的解散、异化、碎片化、非本真和空：这些是克拉考尔早期的时代诊断书中的主导概念。它们来自保守的文化批评的箱底，同时带着马克斯·韦伯（Max Weber）著名的祛魅命题的烙印，这一命题使克拉考尔首先接受的是一种文化悲观主义的阐释。

出于对同时代文化的这种不适，一方面，在他的早期随笔中，克拉考尔已经试图在他那个时代各种各样的宗教革新运动中完成自己的定位。尽管他确定了形而上学的意义亏空，但是，对于他那个时代新的"宗教的人"（homines

---

[1] 西格弗里德·克拉考尔，《格奥尔格·冯·卢卡奇的小说理论》（»Georg von Lukács' Romantheorie «，1921），收录于《克拉考尔作品集》第五卷，《随笔、专栏、评论》（*Essays, Feuilletons, Rezensionen*），因卡·米尔德－巴赫选编，扎比内·比伯尔（Sabine Biebl）、安德里亚·埃尔维希（Andrea Erwig）、薇拉·巴赫曼（Vera Bachmann）、施特凡尼·曼斯克（Stephanie Manske）协助，苏尔坎普出版社，2011年，第五卷，第一册《随笔、专栏、评论1906—1923》，第282页。

[2] 同上。

religiosi），[1] 他往往毫不含糊地予以回绝，天主教哲学家马克斯·舍勒（Max Scheler）、犹太哲学家弗兰茨·罗森茨崴格（Franz Rosenzweig）和马丁·布伯（Martin Buber）都可以说是他所遇到的新宗教人的形象。他回应他们，缺陷在于糟糕的设计者，而惦念超越（Transzendenz）的屋顶不会让屋顶得以重建。另一方面，在他的著作《社会学作为科学》（*Soziologie als Wissenschaft*，1922）以及无数随笔和书评中，克拉考尔一直与同时代的社会科学集中深入地交锋。他将后者的认识论及方法论的基础论题破译为疑难（Aporie）的症状，这些疑难并没有借助于科学思考手段得以解除。因为它们锚定于这种思考自身的结构和运转之中，同时反映了新时代合理性的抽象，至于合理性的诉求和难题，克拉考尔在康德的理性批判中发现了范式表述。

特奥多尔·W.阿多诺是《侦探小说》一书题献的对象，他在回顾与克拉考尔的终生友谊时曾回忆起后者如何在第一

---

[1] 1921年12月31日克拉考尔致里奥·洛文塔尔（Leo Löwenthal）信，引自《马尔巴赫杂志》（*Marbacher Magazin*）1988年第47期《西格弗里德·克拉考尔（1889—1966）》（*Siegfried Kracauer 1889-1966*），因格里德·贝尔克、伊里娜·伦茨（Irina Renz）编写，内卡河畔马尔巴赫：德国席勒研究会（Marbach am Neckar: Deutsche Schillergesellschaft），第36页。

次世界大战之后为他打开了理解康德《纯粹理性批判》(*Kritik der reinen Vernunft*)的通道:"在他的引导下,我从一开始就没有把这部著作当作单纯的认识理论或是科学、有效之判断的条件来体会,而是将它理解为一种密码文字,从中将读出精神的历史状况。"[1] 以这样的眼光看,康德的"哥白尼式转变"简直就是一场"政变"(119),这场政变试图强行同时徒劳地为在祛魅过程中自我和世界之间裂开的鸿沟搭建桥梁。由于理论性认识必须满足对普遍性和必然性的要求,克拉考尔认为,在隐身于宗教世界观之中的实质理性崩塌之后,这一要求只可能锚定于各种思维形式本身之中。在这个最外部的形式性的领域,人和世界经受了一场根本性的毁灭,这次毁灭没有消除它们的异化,而是将之写定。因为被还原为先验意识形式性的统一体,主体就僭取理论方式来统治经验世界。然而,主体为这一统治权付出的代价是,它所特有之历史的和物质的前提被抽象,它的经验能力的萎缩,以及,现实被彻底脱模为主体之抽象运行的被动材料。因而,当克拉考尔

---

[1] 特奥多尔·W·阿多诺,《古怪的现实主义者》(»Der wunderliche Realist«, 1964)。收录于阿多诺《文学笔记》(*Noten zur Literatur*)第三卷,苏尔坎普出版社,1965年,第83页以下。

侦探小说
Der Detektiv-Roman

在他早期的写作中设定如下要求:"将重点从假设的自我转移到所有人的自我,走出原子化的、非现实性的、无形态的人们的世界[……]来到现实的世界[……],这个世界充满活生生的事物和人,所以它渴望具体地被看见,"[1]他就不会孑然独立于时代。其实,转向事物、对具体化的需要以及现象学的思维饱和,这些正是二十世纪早期哲学的基本特征,这一时期的哲学将"回到实事"(Zurück zu den Sachen,胡塞尔)的口号树为旗帜。

在《侦探小说》中,克拉考尔头一次在一个流行文化现象上追踪这个合理性的和学术批评的主导主题。在书中,他认为,解谜的过程和案件的查明成了"对以理性自治为基础的哲学体系的审美譬喻"(204)。案件的侦破始于最少量的推定证据和点截性的事实,这些事实被除去了特定的如在(Sosein),又被夺走原初的关联。在被脱模为被动直观材料的事物之上,自治的思想得以演示它的自发性。"客体经受了一场根本性的毁灭",理性由此"证明自己是立法者"(185)。偶然事件

---

[1] 克拉考尔,《等待的人们》(»Die Wartenden«, 1922),收录于《克拉考尔作品集》第五卷第一册,第393页。

(Zufall),它原本就存在,唯独需要的是重构关联。因此,侦探小说的张力或许也并非源于"发生事件的强力"和面对罪行时的颤栗,而是"决定事实的因果链条未被识破"。(165)

不过,克拉考尔通过本书提出的主张不止于侦探故事和超验哲学之间的以上类比。构成其释义基础的"坐标系"受到了索伦·克尔凯郭尔(Sören Kierkegaard)对唯心主义系统思维所进行的实存哲学批判的启发。在此,克拉考尔将克尔凯郭尔对实存的审美、伦理和宗教三阶段划分转译为一种进行了等级分层的"领域"空间模型。在这个拓扑学模型的内部,"现实性的实存着的人"(110)和被分派给他的"实存性的共同体"(112)一样,处于一种"居间状态"(111),这一状态表现在对高等领域和低等领域、上界与下界、超越和内在、无条件和制约性之间悖论性张力的保持。在侦探小说这一媒介中,这种居间状态反映在一种"扭曲"(109)之中,克拉考尔希望通过"投射"的方法让"扭曲"得以读解。投射意味着将一个三维空间映射在一个二维平面上,反之则是将一个平面回渡到一个空间里,在此意义上,该方法先一步使用了"表面"(Oberfläche)这一思维格,不久之后,"表面"就将在克拉考尔对文化和社会的材料分析中获得中心性含义。"要确定一个时代在历史过程中占据的位置,"1927年的一篇著名随笔《大众装饰》(»Das Ornament der Masse«)的点题按语这样写道，"分析其不起眼的表面态度比一个时代自行做出的判断更加令人信服。"[1] "表面"在此喻指飞逝的、未被留意的现象，这些现象从理论体系漏网，逃避概念性的归纳。同时，这个喻体批判性地、论战式地直指"深度"的观念以及有关内在灵魂深度和形而上意义深度的讨论，而这一讨论似乎被看顾在"本真性的行话"（阿多诺）[2] 里。

克拉考尔在《侦探小说》里勾勒的"否定性的寓意画"[3] 更接近这一讨论。这幅画基于一种"转译艺术"（110），这种艺术试图让发生侦探故事的"低等的"和"非本真的"领域一点一点地从实存性的和形而上的内容中透出来，这些内容又歪曲地呈现于转译艺术之中。于是，正如"全盘理性化的文明

---

[1] 克拉考尔，《大众装饰》(1927)，收录于《克拉考尔作品集》第五卷第二册《随笔、专栏、评论1924—1927》，第612页。

[2] 阿多诺，《本真性的行话：论德意志意识形态》(*Jargon der Eigentlichkeit. Zur deutschen Ideologie*, 1964)。

[3] 里奥·洛文塔尔，《西格弗里德·克拉考尔：永恒的友谊——书信集（1921—1955）》(*Siegfried Kracauer: In steter Freundschaft. Briefwechsel 1921-1955*)，彼得-埃尔温·延森（Peter-Erwin Jansen）、克里斯蒂安·施密特（Christian Schmidt）选编，施普林格：楚·克拉姆朋出版社（Springe : zu Klampen），2003年，第65页（1924年11月24日克拉考尔致洛文塔尔信）。

社会"在此显现为"高等领域地*共同体"（110）的对映形象（Gegenbild），克拉考尔将酒店大堂这一受到同时代侦探小说欢迎的场景阐释为教堂的对映形象，将聚集在大堂的公众阐释为宗教会众的变形画。警察、罪犯和侦探各方之间的关系也被破译为一副实体关系的变形画。当实存性的共同体由歧义的和成问题的"法则"（Gesetz）来确定，而此"法则"牵涉到一个"超法者"且容易为"那违法的"（112）所侵袭，那么，警察这一秩序力量就代表着"没有合法性的合法者"（175），是一条纯粹形式性的合法性原则，这一原则自设为绝对，并且正因如此而没有能力自证。在这个形式合法性的地带，"那违法的"失去了意义。它收缩为一个"点的事实"，其含义"仅限于其被承认的非法性"，同时，在此非法性中，"[丧失了]它的权利"（163）。"罪，于在上的领域地是一种存在规定，危险，象征性地由外迫入，神秘，自上介入：冲破暂时安全感的一切在低等区域统一被'那非法的'化身取代。"（122）

带着以上对法则的难点以及法则（Gesetz）与法律（Recht）之关系的思考，克拉考尔加入了1920年代的讨论，瓦尔特·本

---

* "领域"与"领域地"二词之别，详见第25页。

侦探小说
Der Detektiv-Roman

雅明和卡尔·施密特（Carl Schmitt）在这些讨论中的相关论述在当代则由雅克·德里达（Jacques Derrida）和吉奥乔·阿甘本（Giorgio Agamben）等作者持续推进。[1] 然而，站在克拉考尔灭点处的，既不是在施密特的政治神学中决定紧急状态的绝对的主权者（der absolute Souverän），也不是本雅明的"纯粹的暴力"（reine Gewalt），[2] 后者认为主权的确立和法律的消灭恰好在一个革命性的时刻同时发生，站在克拉考尔灭点处的是一个受到限制并具有反讽意味的"主权"形象（172）：侦探形象，作为"理性的轻松的扮演者"（141），他在警察和罪犯之间空的空间中登台演出。作为"还俗的神父"和像举行阴森"弥撒"一样侦办案件的"术士"，他单方面地指明了他所化身的抽象的合理性所陷入的辩证论。在此意义上，他占据着一个居中位

---

[1] 参见雅克·德里达，《法律的效力："威权的神秘根据"》（*Gesetzeskraft. » Der mystische Grund der Autorität «*），苏尔坎普出版社，1991年；吉奥乔·阿甘本，《牲人：主权权力与赤裸生命》（*Homer sacer: Il potere sovrano e la nuda vita*），都灵：朱利欧·埃诺迪出版社（Giulio Einaudi），1995年。

[2] 瓦尔特·本雅明，《暴力批判》（»Zur Kritik der Gewalt«，1921）。收录于《瓦尔特·本雅明文集》（*Walter Benjamin: Gesammelte Schriften*），特奥多尔·W·阿多诺与格尔斯霍姆·肖勒姆（Gershom Scholem）协助，罗尔夫·蒂德曼（Rolf Tiedemann）、赫尔曼·施韦彭霍伊泽（Hermann Schweppenhäuser）主编，第二卷第一册，苏尔坎普出版社，1977年，第179—203页。

置，面对"那合法的"和"那非法的"，他的态度基本是冷漠的，然而，他的性格里还存有发展和转变的潜能。当侦探以骗子、异教徒和密探的身份出场，他超越了道德的冷漠，从而作为"务实的社会批评家"与僵化的合法性原则作战，并"以其不合常规激怒败坏的社会"（177）。

此时，克拉考尔只差一小步就将观察到，"为了维护社会，犯罪事件 [……] 在探案知识方法座谈上被人们听到。与它们的不洁天性 [……] 相对应的是凝结在事实和行为中的不洁的缺陷。"[1]《侦探小说》的研究延伸到了迈出这一步的门槛前，却并没有跨过去。本书是一份过渡时期的记录，在此时期，克拉考尔重新进行理论定位，并在这一过程中将他早期写作中形而上学的、实存主义的和理性批判的主题转译成了带有唯物论印记的历史哲学和社会理论。

这次重新定位伴随着理论关注的一次并无先例的扩展而发生，这一扩展本身与克拉考尔独立于学术组织以及他的新闻工作密不可分。和他的朋友特奥多尔·W·阿多诺、瓦尔特·本雅明或恩斯特·布洛赫（Ernst Bloch）不同，克拉考尔既非以

---

[1] 克拉考尔，《哈姆雷特成侦探》（»Hamlet wird Detektiv«，1926），收录于《克拉考尔作品集》第五卷，第二册，第361页。

哲学专业毕业，也不追求学术志业。在完成大学学业、获得博士学位之后，接受系统建筑师训练的克拉考尔在1921年作为撰稿人进入了德国当时最著名的日报《法兰克福报》。1924年，升任全职编辑的克拉考尔在副刊为他的社会文化分析找到了理想的讲坛。这里有短小文学体裁的传统，以此为出发点，他可以将哲学体系构思彼岸的"大问题"铺陈到各种现象当中去。这里为他提供了一块试验田，思考得以在这块田地上尝试以不同的写作方式和文本类型进行具象的轮番耕种，这些方式和类型逾越了学术规训的既有边界，也逾越了新闻、文学和哲学的边界。

面对在1920年代的现代化推力中急速转变的社会和文化现实，最初，克拉考尔对于运用上述机会开设专栏对之发表评论仍有犹疑，1925年之后却益见成效与重要性。他迫使构成《法兰克福报》读者群的知识市民阶层不得不面对大众文化的新媒介——活报剧和运动、流行歌曲、画报，尤其是电影，迫使他们不得不面对这些媒介所创造的让人分心的感觉形式和接受方式。此外，借由各种受欢迎的类型写作和此前几乎未受注意的畅销书现象，他分析在以上媒介的竞争压力下正在转变的图书市场。他将注意力导向社会交往的新密码和新礼俗，追踪社会构造中正在发生的运动和日常感知世界的星象。他还侦察现代公共生活的范式空间：城市和街道，火车站，拱廊街和娱乐场所，还有职业介绍所和取暖大厅，在这里，那些被强制性的经济合理性改革淘汰出工作流程的人们聚集在一起。

这些侦察远远超出了《侦探小说》所撑开的视域。尽管如此，早期的写作在这些工作中持续发挥着影响。身为侦探小说和犯罪小说的热心读者，克拉考尔定期在《法兰克福报》上对相关新出版物发表书评不是毫无缘由的。他将专栏观察家的形象一次又一次地塑造成调查者和探案的面目也不是毫无缘由的。因为，带着对被假定为理所当然的事物的不信任，带着对不受注意的表面现象的关注，带着对微小差异的感应，也带着对看似无意义事物恰恰包含着意义的假设，在方法层面，克拉考尔的社会文化分析和侦探的工作方法也有着相似之处。于是，唯物主义的批评家克拉考尔就好比一个"日常生活里的证据捕手"（赖因哈特·鲍姆加特 [Reinhard Baumgart] 语），凭着飞逝的迹象和瞬息的征兆，他发现了生活未被留意的恐怖和社会构造缺陷的蛛丝马迹。

我的朋友，

特奥多尔·维森格伦德-阿多诺

引　言

　　侦探小说，在大多数受过教育的人看来，只是无关文学的粗制滥造，在租书铺里讨生活绰绰有余，渐渐地，它已上升到了一个声望与含义不容轻议的地位。同时，它的形态已经吸纳了诸多坚实的轮廓。在其堪称典范的作品中，侦探小说早已不再是由探险小说、骑士纪事、英雄传奇和童话故事的下水汇流而成的面目浑浊的杂烩，而是一种确定的风格类型，它坚定地以特有的审美手段展示着一个特有的世界。埃德加·爱伦·坡或许对此发展有着明确的影响，他的创作头一次高纯度地析出了侦探的形象，并有效地表现了善思的旁观者。沿着他所指引的方向，要提到的大约只有若干名字，柯南·道尔的夏洛克·福尔摩斯小说，加伯黎奥、斯文·埃尔维斯塔德、莫里斯·勒布朗和保罗·罗森海因的小说；以及圈外的奥托·索伊

侦探小说
Der Detektiv-Roman

卡、弗兰克·海勒、加斯顿·勒鲁。*尽管侧重、内容和审美各有偏向,然而,细究之,他们的作品属于一个含义层面并且听从相似的形式法则。将它们全体捆扎又铸上印记的是它们所证明的以及它们由之产生的理念:全盘理性化的文明社会的理念,对这个社会,它们进行极端片面的把握,风格化地将之体

---

* 埃德加·爱伦·坡(Edgar Allan Poe, 1809—1849),美国作家、编辑和文学评论家,被认为以短篇写作开创了"侦探小说"的类型,并推动了"科幻"类型的形成;柯南·道尔(Conan Doyle, 1859—1930),苏格兰作家、医生,以夏洛克·福尔摩斯(Sherlock Holmes)小说闻名世界;埃米尔·加伯黎奥(Émile Gaboriau, 1832—1873),法国作家、记者,被视为侦探小说的先驱作者,1866年出版其首部长篇侦探小说《红色命案》(L'Affaire Lerouge)便大获成功;斯文·埃尔维斯塔德(Sven Elvestad, 1884—1934),挪威记者、作家,他的著名侦探故事多以笔名"施泰因·利文顿"(Stein Riverton)发表;莫里斯·勒布朗(Maurice Leblanc, 1864—1941),法国作家,他所创造的著名侦探亚森·罗平(Arsène Lupin)被称为"法国福尔摩斯";保罗·罗森海因(Paul Rosenhayn, 1877—1929),德国作家、编剧,创造了受欢迎的侦探乔·詹金斯(Joe Jenkins);奥托·索伊卡(Otto Soyka, 1882—1955),奥地利作家、记者;弗兰克·海勒(Frank Heller, 1886—1947),瑞士作家,被认为是瑞士最成功的犯罪小说家;加斯顿·勒鲁(Gaston Leroux, 1968—1927),法国记者、小说家,他的最著名作品是《歌剧院魅影》(Le Fantôme de l'Opéra)。

(对以上作者的作品,克拉考尔均撰写过书评,可参见《克拉考尔作品集》第五卷,因卡·米尔德-巴赫选编,编号第227、261、349、419、430、439、461、489和605各文。——因卡·米尔德-巴赫、因格里德·贝尔克主编《西格弗里德·克拉考尔作品集》,第一卷,2006年,第332页;感谢因卡·米尔德-巴赫教授同意本中文版使用该版本编辑注释,下文如有同类引用,将以"2006年编注版"注明。)

现在审美折射当中。它们感兴趣的不是逼真地再现那被称为文明的实在（Realität），而是从一开始就翻出这实在的智性特征；它们向文明物事执起一面变形镜，一副其胡作非为的讽刺画从中与之对瞪。它们呈现的图像足叫人惊惧：它表明社会的一种状态，在其中，无所拘系的智性已经赢得了最终胜利，人与事仅止于外在的杂处并置让人感到惨白而缭乱，原因则是，这幅图像把被人为阻断的现实扭曲成了怪相（Fratze）。与侦探小说所意指的这个社会的国际性相对应的，是侦探小说国际性的效力范围，与这个社会在不同国家里的千篇一律相对应的，是侦探小说的结构和主要内容相对于国族特性的独立。如此这般毕竟赋予了侦探小说一抹变动不居的色调，同时，恰巧是高度文明化的盎格鲁-撒克逊人找到并且线条分明地塑造了侦探小说的类型，这绝非偶然。

领　域[*]

侦探小说所划定的社会和世界的范围只是众中之一，它标明人类存在的一个层级，位列其上的是其他具有现实内涵的存在层级。如果侦探小说所展示的领域包含着一种仅由被解放的理性所确保的关联，那么，更高的领域就会越来越多地给予

---

[*] 《侦探小说》研究在克拉考尔的遗稿中有两份打字稿，其中一份留有手书修改，另一份为打字清稿，1971年该研究首次全文发表时，被采用的是后一个版本；另外，克拉考尔在选编《大众装饰》(*Das Ornament der Masse*, 1963) 时，将"领域"一章的几个段落和"酒店大堂"整章合为独立一篇收入，有微小修改，因卡·米尔德－巴赫主编的《作品集》第一卷对这几个版本进行了比较，注出改动并补充了详细编注，本中译本引用了这些编注中的部分，需详尽了解的读者请参考德文原版。

侦探小说
Der Detektiv-Roman

"那所有人的"(das Gesamtmensche)*以被加入了理性的空间。在被克尔凯郭尔(Kierkegaard)称为"宗教"领域的那个更高领域,名称展现,自身(das Selbst)和在上的神秘(Geheimnis)处在令自身完整实存的关系之中。**字词和行动,存在和构成物在这里紧贴住最后的界限,"那存活的"(das Gelebte)是现实性的,"那被认识的"(das Erkannte)具有人的最终有效性。一旦抛却关系,人就去现实化了,却也因此,在远离且外在于关系之处,高等领域的诊断依然具有不可摇撼的效力。诊断由对高等领域的扭曲所意指,扭曲本身却不再意指高等领域,因为,在混沌的媒介中,诸事物破碎地显现,如同棍棒被浸入水中的图像,而一切名称被残损到无法辨认。一如上帝在现实当中将经验到的,他在下界散落为单纯的理念,甚或消失在空无现实性的实体和虚无的关系所投掷的阴影之中;"那存在着的"(das Seiende)分解为一个无限过程的诸要素,在关系中的"那被听闻的"(das Vernommen)表现为直观的体验,超越了悖论形式的向上追求则颠倒为对僵化形式的单向度追求。也

---

* 此处涉及译者在翻译由形容词转变而来的、被加以定冠词"das"的名词时的考虑,详见译者后记。

** 克尔凯郭尔关于"实存"的三领域理论见于其《终结中的非科学附言》(*Afsluttende uvidenskabelig Efterskrift*)一书,三领域即审美的、伦理的和宗教的领域。

就是说，低等区域没有条理的认识和态度在更高领域也有其对应物，这些认识和态度带来的音讯非本真地展示着一种本真之物（Eigentliches）。一旦它们在遭其歪曲的内容上的投射令变形画透了光：它们的含义会脱壳而出，与此同时，它们将变形，直至它们改头换面重返高等领域地*的坐标系，在这里，它们的意义可以得到检验。值得注意的是，在这次变形中，低等领域的诸概念和生活形态大多是含糊的。一则它们的意指（Gemeintes）彻底对应于条件，它们所构造的领域又受制于这些条件。二则因为回头路始终行得通并且决定可在任何地方做出，于是它们能够包藏种种意向（Intentionen），而这些意向与这个领域并不相符，仅仅是在一个更高领域里获得了现实性的合法表述而已。如此意向若是出现在一种丧失了现实性的思想及生活关联中，它们就必定被用以呈现一种不相适的材料；除了基于接受非本真之前提的歪曲，还有与那些前提根本抵触的歪曲，然而，之所以错过"那合适的"，是因为歪曲受到了低等区域表达手段的牵制。歪曲针对的是现实的诸主题，它只是试图借助掩盖这一现实的诸范畴来令现实就范；其他手法则根

---

* 在《侦探小说》中，"领域"和"领域地"的原文分别是"Sphäre"和"Sphärenort"，"领域"通过抽象划分而确定，加上了"Ort"（意为"地点，地方"）的"领域地"用以指向"领域"的现实方位。

侦探小说
Der Detektiv-Roman

本无意于现实,从而在浑然无觉中歪曲了现实。——作为审美的产物,侦探小说允许其装填着不同意向的类型诊断被投射到与某个共同体相对应的诸被给予性(Gegebenheiten)之上,这个共同体比小说最终构造起来的文明社会更具现实性内涵。侦探小说的释义或许是一种转译艺术的范例,其责任本来就是要证明,这一释义与处在关系中的人们所接受和感到满意的释义是同一的,它也总是转手就被抛回到完成了去现实化的区域。

如果必须将侦探小说所提供的文明社会理解为高等领域地共同体被扭曲的本像(Ebenbild),那么,这一共同体的载体就是所有人(Gesamtmensch),是克尔凯郭尔意义上实存的人,与"那无条件的"(das Unbedingte)相比,他是现实性的。人,处在"那有条件的"(das Bedingte)之中,如果他所面对的是只在反思中被制约性和时间性视为"绝对者"(Absolutes)的"那超越的"(das Transzendente),且两者并不构成对峙,如果上帝对他而言只是与其他对象并立的对象,那么,人就没有实存过,而是采取了一种导向同一性观察(Identitätssehungen)而缺乏现实性的旁观者态度。反之,作为现实性的"实存着的人"(Existierender),人处在紧张关系之中,他是向"那神性的"(das Göttliche)看齐的造物,他是自知与超自然有关的自然（Natur）。他的位置在下界与上界之间。他分得"那被创造的"（das Geschaffene）、"那基本的"（das Elementarische）、"那只是存在着的"（das Seiende），但是，他亦分得他者，分得彼岸的字词和宣报，并且，他是现实性的，就此而言，他在实存之中证明了他对下界和上界的分得。"这样一种居间状态（Zwischenzustand），"克尔凯郭尔说，"大概就是实存，与人这样的介质存在者（Mittelwesen）是相配的。"*

一如实存的单个人所发现的，被分派给他的共同体处于一种悖论性的局面。被定向且处在被张力拉伸状态的共同体存活在时间之中，也存活在永恒（Ewigkeit）的反光（Abglanz）中，在自然和超自然之间，共同体坚守着无法持续维守的中间（Mitte）。与此"居间状态"的似是而非相适应的就是共同体所从属的"法则"（Gesetz）的歧义性。人的共处（Miteinander）或许被设想得过于紧密，以至于，法则似乎畏缩不前，同时，

---

* 克拉考尔所使用的克尔凯郭尔《终结中的非科学附言》一书的德文译本为：克尔凯郭尔《全集》（*Gesammelte Werke*），第七卷，《终结中的非科学附言》（*Abschließende unwissenschaftliche Nachschrift*），第二部分，赫尔曼·戈特谢德（Hermann Gottsched）、克里斯多夫·施拉姆夫（Christoph Schrempf）翻译，耶拿（Jena）：欧尔根·迪德里希茨出版社（Eugen Diederichs），1911年，第26页。——2006年编注版，第333页。

爱所聚合的只是法则治下的单身者。然而，只要拯救无法持续，正是"那属于人的"(das Menschliche)居间地位交出了外部的和在下的空间，并将法则下拉。如若法则属于"那有条件的"王国，"那僵化着的"(das Erstarrende)往往必定被再度扬弃；如若法则被深信不疑地接受，"那相关的"(das Beziehende)就始终保持效力。在阿纳托尔·法朗士(Anatole France)的训导短篇《正直的法官》(Les juges intègres)中，两位法官进行了哲学探讨[*]：

> 第一位法官："法律是稳定的。"
> 第二位法官："法律从来都是不稳定的。"
> 第一位法官："法律来自上帝，是不可改变的。"
> 第二位法官："法律是社会生活顺其自然的产物，取决于生活的变化情况。"
> 第一位法官："第一批法律是深受无穷的《智慧书》启发而得见世人的，最接近于智慧书的法律才是最好的法律。"

---

[*] 此处译文引自《亡灵的弥撒》，法朗士著，王艳秋译，江苏文艺出版社2013年11月，第128—129页。

第二位法官:"您没发现吗?每天都有新法律产生,不同地区、不同时代的宪法和法令并不相同。"

第一位法官:"新法出自旧法,它们是同一棵树上的新枝杈,受同样的汁液滋养。"

如果只有法则起作用,共同体就不是实存的,因为张力过早被引向自我设定为无条件的一方;如果法则不起作用,共同体就会偏离中点,或者下行,或者上升,而在两种情况下,共同体都不是实存的。如果共同体的诸环节面临着悖论性的任务,即,既要在法则所圈定的中间地界去满足人对人发出的要求,同时要越过人际的地界延伸开去,那么,共同体就不得不去满足依附于时间的生活之诉求,同时,心怀其超时间性的使命:消灭那些诉求。

人类共处的不完满,神学将之解释为原罪,法则因之创立,这不完满也导致,共处发现了自身的界线;然而,共同生活的自然需求如此多样,以至于对这些需求的满足也希望被纳入法则所划定的范围。不过,假如实存性的紧张关系可以得到解决,法则就不应该是最后的界限(Grenze),事实是,在各种获得认可的形式范围内的共处一定会与超越固有形式的神秘保持关联。既然大多数人被扣留在了由法则包围的空间里，于是，关键在于——以社会学角度视之——特殊的单个人是否实施这种连接（Verknüpfung）。连接发生在这样一个地带，在这里，法则的权力无论如何都不会不受打扰地发挥作用，在这个属于"那违法的"（das Widergesetzliche）和"那超法律的"（das Übergesetzliche）地带，危险和神秘隐含其中。如果法则确定了正当的中心，它就不得不驱逐"那违法的"，正如它自身被"那超法律的"所驱逐。可是，在法则之外，上界和下界的诸权力或许会彼此联手，以穿越法则的弹道。

因此，人的居间状态自发地要求实存性共同体的全部生活在两个空间中运行：一个空间是由法则统治的，而另一个空间，在其中，法则被认为是受到制约的。两个空间的在手存在（das Vorhandensein）和对两个空间的功能分配就是对人的形而上地位在社会学意义上做出的准确表述；因此在下面的领域地就必然出现如下分裂。如果两个空间合并，实存的必需则独为主导，然若实存被扬弃，则法律和仁慈充盈汇流。当空间保持分隔，在法则中的生活和超越法则的生活悖论性的同时（Zugleich）不会压住同一副肩膀——尽管最终当然会全副压上，本该由每一个人一道共同掌管的两个领地被分配到不同的层级——当然，条件是，最终仍归于所有人。从一个空间溢流到另一个空间，它们之间有可能建立的紧密的联结（Verbindung）为共同体确保了实存性（Existentialität）。对于人们在紧张关系中进行的联合，实存性进行了社会性地分解，但是，在每一个人身上，"那被分离的"（das Geschiedene）又重新统一起来了。

共同生活的空间是一个在高等领域地共同体中的充实的空间，因为，人们不但携带他们本质的某些部分进入这个空间，而且也依随他们的完整本质作为"那实存着的"进入这个空间。他们的被定向（Ausgerichtetsein）令他们成为"所有人"，依据着实存性的特征，以各种彼此关联的形式，他们过着一种现实性的生活。可以肯定，如果不见衰减的张力将他们驱至法则的边界并且将他们逐出，他们仍然会因为太过黏附于人的关联而无法戳破这层牢牢包围着生活空间的透光的外壳。

在共同生活的地域之外是危险和神秘的地带，悖论性的共同体生活分解为两个地带以解决它的似是而非，这个地带便是那另一个。这个地带不再被反复思考着"适中"的法则所封闭，面对有可能破坏法则的在上的诸权力，这个地带没有界限，不设防备。坚守在共同生活空间里的诸构成物（Gebilde），在共同生活空间里交错的各种联系：它们在这个地带暴露了它们的临时特性，也一如既往地承受着需要回

侦探小说
Der Detektiv-Roman

应的疑问。在这个地带，因为神秘的关系，得到授权的统领者们无须履行法则，也摆脱了法则；他们在神秘的轨道上维持人类的共处，或赐福，或谴责，或感化，也看顾着突如其来的神迹，当然，神迹并不需要他们。他们的形象视具体情形每有不同。不过，现在要说的是神甫或者说僧侣历史性的出场，尽管历史意义各不相同，但这些角色常常表达了某种压倒时间的同一含义：他们的工作受到上面的委任，同时他们也被理解为共同体的领命人，领命人被送出共同生活的充实空间，以完成连接的工作。若是他们没有纯粹地维持他们的中间位置，而是僵化为社会阶层，挣脱了在上的根源，他们就只好在被排空的生活空间里自顾自地宣示权力，于是，神秘的地带被出卖，而共同体跌落进低等领域。被这些已经徒有其表的人打上异端烙印的另一些人则深入被遗弃的地带，他们让叛逆者心意回转，或者缔造新的继任者。被剔除者，异教徒，他们是对心在社会的神甫的纠偏，后者简直太需要他们了，因为，作为片面的确立，他需要补充；处于实存中的共同体的不完满将二者升华。无论神职人员如何深切地俯就共同生活，他却并不投身其中，因为，建立紧密关系（Verbundenheit）的任务要求他脱离人际的联系。教堂为教士规定的独身制就是这种放逐和遣返的外部标记。

领　域

只要实存的悖论持续下去,在法则中与超法律的神秘相关的共同生活就会受到"那违法的"危险的威胁。和法则一样歧义的,还有由法则所标明的对恶的畏惧(Schreck),以及,对尚未被制服的"那在下的"(das Untere)和"那基本的"颤栗(Schauer),"那在下的"和"那基本的"极力要闯入中间这一充实的空间。它们反复地向始终可疑的法则发问,而法则越是宣布与在上的神秘脱离关系,神秘就越是强烈地想要拥有这些暗黑的、无法解脱的威力,它们最终成为神秘的代言人。它们是"那神性的"不由自主的帮手,神职人员则有责任制服它们,而在它们看来,当共同生活落入罪恶之手,作为生活空间之外的漫游人和迁徙者,神职人员与它们手足相连,亲近到足以接纳亵渎神明者的面目。经由它们的转化,"那在上的"收获全胜。被打击的恶魔踉跄败退,"恶"认识到它的虚无,浪子回头,共同体重振旗鼓,而自然界进入紧密关系。

在高等领域地,与无法看透的、不近合理之诸权力的对抗并不总是指向这一最终目标。尽管英雄也会遭遇危险,而这危险从外部致命地压迫共同生活或是要抛开共同生活内在的二律背反,尽管英雄也要击穿包围着生活空间的壳。(但是,他不像神职人员,他承认悖论,他转化自己也令他人皈依,他原谅自己同时开解他人,但他不进行连接,他在"那有条件的"之中不为所动地、不妥协地维护"那无条件的",至于他是在盲目地执行命运的托付抑或有心帮助理念战胜法则,两者并无差别。作为"实存着的人",由他发动的斗争否定实存的悲剧性的不完满,而不完满则确证并再度否定了他的落败。)强调"那在下的"会导致:对高等领域地共同体所进行的历史性的现实化多半也会向下扩延至低等现实的诸领域。在上的神秘和自然力量的可怖融为一体,追求自由之后果的命令(Gebot)和具有魔法的命定论以各式各样的形态聚首,而在危险地带,与神职人员以及英雄人物一道上场的是行神迹者、看守人和狂热分子,他们仍然只是间接听闻神言。巫医、巫师和术士,他们召唤毫不含糊的神秘,这神秘死死盯住人类的地界,既发出恐吓,又毫无索求;他们提前说出那未发生的,却并不将之纳入紧密关系;他们避开灾祸,却不会让撞上灾祸的人调头离开。——没有目标的不安也将冒险家赶出了危险地带,* 在这不安之中,被定向的人真正的不安几乎无法重新辨认。假如危险没有以命运的面貌来袭击他,他也会为了冒险自寻危险,既然不承载任何托付,

---

* 关于冒险家的分析,可参见格奥尔格·齐美尔(Georg Simmel)的《社会学》(*Soziologie*)。——2006年编注版,第333页。

冒险就已经失去了它的决定性意义。相比安稳一成不变的共同生活没有含义的绑缚，冒险家没有起码的牵挂，他情愿无所拘束地漫游，他用来对抗这种隔绝生活之放松状态的，是在其中"那未知的"和"那无法估量的"将其排除在外的紧张关系，以取代向上的拉伸。于是，当他本该解救单纯的生活时，他却了无牵挂地活，对他来说，神秘和神迹变形成了非同寻常的事件（Begebenheit），而他则混淆了发生事件（Ereignis）的瞬间和瞬间的发生事件。——然而，扭曲（Entstellung）会清晰反映那被扭曲的，并且，在混浊的媒介中，突破坏界限的牵引力、对"那不确然的"之委身、人格（Person）的加入得以留存下来。从神职人员一直到策马骑士，所有这些被剔除者的一致之处在于，他们的活动不在被围篱的人类共处空间里进行；他们在联合起来的人中是孤单的，而联合中的每一个人也许都已经自然而然地参与了彼岸那超越指向之生活关联（das über sich hinausweisende Lebenszusammenhang）的发生（Geschehen）。当紧密关系与在上的神秘建立起联系，被剔除者在人群中的孤离就是对紧密关系的表达，如果不是出于差遣之需，他们就是赤裸裸的孤绝存在的符号。

实存的紧张关系包含着向上寻求解脱的候补期望。"人这样的介质存在者"所在的悖论处境表明，这一处境自身是居间

侦探小说
Der Detektiv-Roman

状态和过渡。与此处境一道被给予的还有应许，对应许的梦想和预感在高等领域地也赢得了本真的意义。被归入此地的共同体为悖论赋予现实性，因此，对共同体而言，以下希望也具有现实性，即，希望这一过渡消失，希望实存的二律背反最终会被消除，而实存的二律背反在社会学意义上表现为向充实的空间和神秘地带的分裂，以及希望在紧张关系中成问题的"那存在着的"放轻松，成为名副其实的"那存在着的"。为了超悲剧的结局，共同体坚守着实存的悲剧，而形态的王国只是失效的王国的前形态（Vorgestalt）。这个王国是无处不在的，是自在于时间的，如果实存性的现实没有借由它与"那超现实的"经久不变的关系而不断自我发问，那么，这个现实或许是非现实性的，它向着这个王国延伸开去——当然，如果它对这个问题毫不含糊地作答，并通过先行将"那超现实的"纳入实存而终局性地自我扬弃，那么它仍然是非现实性的。假如对其使命和完整（Vollendung）的如此扬弃是有可能的，它就无法由人来把握，也无法独自发挥作用，其实，这个现实是不折不扣的"那神妙的"（das Wunderbare），是一切发生中"那意指的"，是俟"时间到了"方才发生的。径以《圣经》文字传扬的关于它的福音在童话中美妙地荡响，童话写到，经过一番评判，年轻的国王与般配的夫人成婚，二人统治着和平、至福的王国，他们的光

领 域

彩经多番折射照进低等区域,而且,小丑皮埃罗*的思乡、卓别林与机器令人发笑的对抗也见证了他们的故事得获听闻。

高等领域地的共同体对其悖论处境有明确的意识,它不仅自呈于此处境,也经验着这处境,并为它命名。在现实性稍弱的领域中,对实存和诸本真的被给予性的意识随实存性特征一道减弱,被搅浑的意义在被歪曲的发生的迷宫里纷乱不清,它对歪曲再无所知。**

去现实的生活已经丧失了自白的力量,对它进行审美立形(Formung)能够还其一种语言;艺术家毕竟还没有直接勉强那沉默而徒有其表的升格为现实,因此,他在塑造这种生活时的确表达了其被张力拉伸的自身。生活沉落得越

---

* 小丑皮埃罗(Pierrot)是哑剧表演中的一个固定角色,关于它的起源,有一种说法是:它源于十六世纪意大利即兴表演,十八世纪初,这一角色经由意大利表演者在法国的演出开始风行欧洲。小丑皮埃罗的白色脸妆代表着死亡的惨白,承担着悲剧的设定。

** 从"在现实性稍弱的领域中"开始的这一句直至紧接着的两个段落:克拉考尔在1963年将《侦探小说》第三章"酒店大堂"编入《大众装饰》一书时,将"领域"章节的这一部分文字置于"酒店大堂"文字之前,又补充了一段话作为全篇开端。——2006年编注版,第313页。;本句中被译作"纷乱不清"的原文为"verwirrt sich",克拉考尔在《大众装饰》中将之改为"verirrt sich",意为"迷失"。——2006年编注版,第314页。

侦探小说
Der Detektiv-Roman

深，就越发需要艺术作品打开它闭锁的封印，整顿它的要素，使得四散零落的要素变得富于针对性。审美构成物的统一及其用以配置重点和串联事件发生的方式让无话可说的世界开口发声，为在这个世界里经受冲撞的主题赋予含义；不过，它们各自的含义有待说明，而且尤其依赖其创作者与现实的亲疏程度。亦即，当艺术家在高等领域地确认了一种自身可得听闻的现实，他的作品在低等区域就会变成一种多样性（Mannigfaltigkeit）的宣告者，而这种多样性并没有拯救的语词。伴随着世界去现实化，他的任务有所增加，同时，无法通达现实的与世隔绝的精神最终强迫他扮演起教育者、预言家的角色，作为预言家，他不仅要预见，还要边预言边连接。如果说对"那审美的"（das Ästhetische）如此过分的要求有可能为艺术家分配一个虚假的位置，这一要求是可理解的，因为，对本真事物无动于衷的生活猛然在构成物之镜中认出了自己，并由此就其对现实的远离和表象性（Scheinhaftigkeit）获得了一种始终的否定意识。由于推动创作的实存性威力如此之弱，杂乱的素材（Stoff）里就被嵌入了诸多有助于素材之透明性（Transparenz）的意向。

尽管并非艺术作品，然而，一个去现实社会的侦探小说对这个社会本来面目的展现比这个社会通常能够发现的更加纯粹。*社会的载体及其功能：在侦探小说里，它们自行辩护，也交代了隐藏的含义。可是，小说只能强迫自我遮蔽的世界进行如此一番自我暴露，因为，孕育出小说的是一种不受这个世界限定的意识。担负着这一意识，侦探小说的确首先对由自治理性统治的、仅存于理念中的社会进行了通盘思考，然后合乎逻辑地推进这一社会给出的开端，理念借此在情节和人物中得到完全的充实。如果单向度之非现实的风格化得到了贯彻，侦探小说就根据它的实存性将刚好满足构造性前提的单一内容并入一个封闭的意义关联（Sinnzusammenhang），此实存性不会被置换为批评和要求，而是转化为审美的编排原则。不过，只有这种对统一体（Einheit）的交织才允许对被展示的诊断进行释义。因为，审美的有机体和哲学体系一样，它想要的是一个对文明社会的载体遮掩自身面目的总体（Totalität），这个总体会以某一种方式对被经验到的整体现实进行歪曲，从而认清现实；所以，对现实的意指可能只有从令那些诊断服从于审美总体的方式中推断出来。这是艺术实存性最低度的工作：它用来自一个瓦解了的世界的被盲目驱来赶去的诸要素建成了一个整

---

* "去现实的社会"（einer entwirklichten Gesellschaft）在《大众装饰》中被改为"文明的社会"（der zivilisierten Gesellschaft）。——"2006年编注版"，第314页

体之物（Ganzes），假如这个整体也可以仅仅表面地反映这个世界，那么，它就同样会从整体上截获这个世界，由此，将这个世界的要素投射到现实性的被给予性之上变成可能。侦探小说所呈现的生活保持了典型的结构，这种结构表明，创造侦探小说的意识并非个体的偶然之物，这种结构同时透露，至关重要的形而上特征已被选取出来。就如同侦探揭开了埋藏在人和人之间的秘密，侦探小说以审美媒介吐露了去现实的社会及其没有实体的傀儡的秘密。小说的编排将本不可理解的生活转化成了本真现实可转译的对映形象（Gegenbild）。

在两个假设条件下，侦探小说所展现的社会的结构逐渐变为高等领域地共同体的结构。首先是要抹去实存性的紧张关系，紧张关系让人意识到悖论并且导致了法则的歧义。如果张力消失，那么，人与在上的神秘直接的连接无论如何都被勾销，在紧密关系中的诸有效概念便枯竭了，而人之此在（Dasein）向来没有差别的二律背反仍然只能非本真地突现出来，这二律背反并不是现实性的，也没有得到根本证明。

从此不再得到指引的生活或许会以陈腐的形式继续滋长，它或许会屈从于魔法，或者钻入脱离的灵魂虚假的内在性，自认为有自决权的理性也许因此加入进来，但不是作为对无条件统治地位的进一步主张条件。理性通过一场"哥白尼式转变"的政变所谋得的地位在侦探小说里得以单方面扩建。在被上升为构造性的世界原则和自身施为（Sichverhalten）的标尺后，侦探小说里的理性不仅将意识整个地投回内在（Immanenz），而且还要求一个向超然的智性全然开放的世界作为相关项（Korrelat）。当这种智性摆脱了它与实存的事实之间被给定的制约性，它才成为非悖论的、单向度的思维产物，各极只在张力之中似是而非地联合，而这些思维产物在各极之间建立起某一种同一性（Identität），而且，假使超越（Transzendenz）没有彻底消散，这些思维产物就会极力借助纯粹的内在范畴去捕捉它。此外，因其不受限定地宣称自治，智性自知不受所有人存在的拘囿，是以，存在（das Sein）于其而言是坚无可摧的，并且，智性只在存在剩余（Seinsresiduen）之间的诸关系中进行编织，在智性看来，存在剩余的面貌因其"非理性"（Irrationalität）而呈闭锁状态。对智性的僭治俯首贴耳的社会势必无力知悉社会的悖论，无力指涉这个特指的超越或是穿透其存在。低等区域便是这个社会的所在，没有张力并且裸露于现实。

若以人的悖论性居间状态不可撤销作为前提，当构成此前提的两个条件在转换时得到考虑，这个社会的社会学基本图型必定以观念实验的方式由实存性共同体的基本图型得出，

侦探小说
Der Detektiv-Roman

对这个社会来说，审美立形是进行反映的良心之举。当张力令人疲劳，向上看齐的所有人不可分割的整体性碎裂了，一个碎片式的个体作为社会的载体便告出现，个体将一个和他一样坍塌的、因其无关性（Unbezogenheit）而加倍可疑的世界引为缄言陌生的、唯以暴力方可塑造的对立面，而不是在与后者进行对话的紧密关系中完成指令。如果允许在无限开放的灵魂广度中悠游，认为境况无法通约的智性就不会拒绝对夹缠的存在进行阐发。被智性认为取之不竭的"那内部的"（das Inwendige）在所有人放松之后没有方向地消融了，智性强烈地要求将连续统一体分散为粒子，在微粒之间，它有可能建立起合理的关系。在它的主导下，人们收缩为原子或者原子复合体，它们取代被嘘走的整体，仅仅将它的精神残余做出点状的标记。它们不过是那些精神微粒的被代现者（Repräsentant），不过，现在或许无法按照它们各自的意义内涵对它们进行把握，而是将它们作为固定的和闭锁的量（Größe）来接受，并将它们纳入某一考虑。于是，应被解放的理性的要求，原初的总存在（das ursprüngliche Gesamtsein）散落成自给自足、不闻不问的子单位，徒具功能价值，任由被拼合成随时都可点算的镶嵌画图案。展示这些微粒的个体是个体不再怀想的内在性（Innerlichkeit）的最后迹象，个体就是纯粹的外部，尽管它也有可能表现为内部，实则只表达被冲决的"那在内的"（das Innere），将"那在内的"互无联结的原子按照合理性原则混合在一起。

在共同生活的空间里，所有人于法则治下被张力拉伸的存在得以扩张，当没有存在的点状个体们相互打交道时，这个空间依然未被充实。并不是个体的行动无需实存，他们的伪实存不过是行动的基准点罢了，行动的超然向理性吐露了个体；个体们并没有聚合为整体并进行全方位辐射，而是整体的诸要素令非饱和的"空"（Leere）彻底旋转，而在整体的要素中，个体无休止地消耗殆尽；个体们并没有冲击环绕着空间的诸形式，他们在法定条文的轨道上运动着，这些条文从法则中衍生而来。如果法则是一层透光的壳，似是而非地围住被定向的全部生活并由此创造出一个暂可居住的范围，那么，那些铁轨也是如此，它们将被遗弃的世界里难以数计的交叉点联结起来。它们不像法则那样针对实存着的人的共处，而是规制个别表达的经过，这些表达既未刻画人，也没有指明某个它们可以理解的意义。智性势必会让在上领域地的人们紧密的伦理关系挥发为孤立之存在及运行要素单纯的合法性，在被解放的智性的影响下，突变随之发生；不错，到最后，合法作为折损了强调道德的残留物，它被平准为常规，其道德冷漠暗示着"无"（das Nichts），由此"无"，理性意欲汲取全部的特殊（Besonderungen）。当实存性的—伦理的存在转变为合法关系，对于法则的问题意识也消失了，法则并不稳固的存续（Bestand）要求不断的扬弃，而合法化的组织并不严密的自我声明没有及时跟上。在法则中达成妥协的只是这样一些思维方式、意念和行动，它们不超越内在进行指向，最多是本真表现形式的残余或歪曲。它们不填塞共同生活的原子领域，准确地说，它们充当着人物之间的交际网络，这些人物尚且仅担负个体之名并因此真正缺乏共同性。与这些徒有其表的个体们（由其"无本质"所致）的无拘无束互为关联的是，他们没有能力构成一个受到约束的共同体之身，唯有当在上的字词加入"那在下的"，共同体的身躯方可能形成。个体们如分子般在无界的空间旷野中扩展，他们从不聚集，哪怕被逼仄挤迫在大城市中。只有常规的军用公路漠不关心地从一个地方跑向另一个地方。

在上的神秘俯身冲入由获得特许的轨道错综交杂的空的空间（Leerraum），它的身份未被看破，和原子化的危险——只要危险没有被制约着奔忙熙攘的理性所吸收——混在了一起。那个地带的内容围住了位在中心的实存性的人的生活空间，它们经由打开的微孔进入不毛之地，对人物来说，不毛之地成为停留之处,"超"、"外"和"内"无差别地颠转为"间"(Zwischen)——这是对所有弹性基座的破坏,这次破坏是消除张力的作业和理性的僭越。前者将超越引入内在的范围,将"那在上的"(das Obere)整个地引入"下"(das Unten),后者歪曲神秘的世界和对立世界(Gegenwelt),瓦解了和它一样无法触碰的灵魂性的存在。只要自身没有被理性歪曲或遮盖,"那违法的"以及"那超法律的"就会顺从理性的指令转而成为彼此暗暗衬托的非法行动,为了合乎理性并易于理解,这些行动简直像经过精密测量的合法图表一样固定和自我闭锁。暂时强化(Punktualisierung)是双方面的:一面是合法的情节织构,一面是盗窃、谋杀和其他虚化存在的事件,这些事件是单义的,可确定的。两个组别彼此毫无关系地相对而立,至于它们唯在紧张关系中展现的二律背反式的息息相关,没有明证。在摆脱张力之后,承载"那非法的"(das Illegale)人潜隐于守法人物之间的空,为了也得到后者的保护,他们四处结交,轻松躲进足具形式的常规的庇护。他们于空间上的遍在(Allgegenwart)是必需的,因为他们身上"那外在的"维护着已不见踪影的"那在内的"。罪,它于在上的领域地是一种对存在的确定;危险,它象征性地由外迫入;神秘,它自上介入:冲决着暂时安全感的一切在低等区域统一被"那非法的"

化身所取代,他们全面统治着由理性无限拓展出来的空间,一个空的(精神的和意义的)空间,在进行常规运动的原子之间玩着他们的游戏。

当至关重要的张力消失,悖论性的人的实存依然被隐藏,它不为人知地继续存在。合法组织的人物们没有认识到,当道德遭违犯,被吓跑的"那伦理的"(das Ethische)可能有所显示,谋杀必定不止于谋杀,还可以同时意味着在上的神秘对封闭的人类成文法的取消。尽管他们没有能力否认"那非法的"事实,尽管他们自身也意识到了法则定义的疑点,超然的思考却将在歪曲过程中没有被它注意到的张力显现阐释为单向度的现象,并因此剔除其悖论。这种思考或者有助于将"那非法的"标注为某种完全被列为合法的暂时现象,或者,它将一贯有效的、合法的法定性(Gesetzlichkeit)变成纯粹在单向度时间里展开的某一过程的环节。在前一种情形里,为使法则看起来完满,这种思考对"那违法的"和"那超法律的"进行去现实化,在后一种情形里,为着具体表现从来各不相同的理念,这种思考进行去现实化的对象是充满疑难的法则,这法则更发人深思,却仍然拘泥于内在(Immanenz)。在这两个过程中,超然的思考都略过了人的处境,而这一处境要求合法者和超法律者共处,要求法律和仁慈共处,在这两个过程中,超然的思考先一步完成了无法由人独力实现的拯救,并且,对这两个息息相关的范围,它一并夺走了它们的实在(Realität)。在低等领域地,"内"消失于"外",标志此地的,并不是在流逝的时间里已经确保了悲剧性空间的对"那合法的"(das Legale)解除,而是,"那合法的"不受约束地宣称,它只肯定标准式的行动。"那非法的"在此地痛快地挥洒,合法性的代表们盲目地拥护自我,没有视之为问题和挑战。同样盲目的还有在下层级的罪犯;他全心献身于他的行动,这行动就是触犯。

心理学

"那灵魂性的"(das Seelische)在侦探小说里所经历的风格化证实了,侦探小说的主题是去现实的社会,经由持续驱使理性最大限度地绝对化,这个社会由实存性的共同体中形成了。灵魂微粒互无联结的造型(Konfigurationen)构成了小说里的人们,而这些造型直至后来才和由理性信手设计的情节走向契合。"那灵魂性的"从来都不是叙述的自身目的,而只是孤立行为的紧急支架,是智性艺术的跳板。若有一位"天才"艺术家登场,那么,他的天才只会被称为事实,爱、忠实、妒忌,这些品质也是全无口音的记号,小矮人*就由这些记号点画集

---

* 小矮人(Homunculus)是在欧洲中世纪炼金术理论中发展而来的人造人的形象。

成。一种联想心理学占据了主导，它将整体建基于部分，并创造出完全可供计算的复合体。联想心理学不但擦去了与在上的神秘相对的、决定着精神的自身，又放过逃离了自身的灵魂，还去除了在具体过渡层表现出来的角色的内核，因为，内在对于联想心理学向来不足为道，又被理性视作不成体统，必定遭到排挤。这样一来，余下的人物形同稻草人，他们是各自行动的后果。侦探小说之所以有理由为人物保留做出悲剧性抉择的能力和对灵魂困境的意识，是因为，抉择被交由被定向的人做出，同时，当灵魂之物（Seelisches）仍是对象，理性的作用就不是无条件的。如果激情偶尔驱致谋杀，谋杀渴望救赎，激情就不再被当作理应为事实提供理据的模板，而灵魂面貌更加清晰地凸显，是以，它们当然本就不是意指。

当路通向实存，又或当腐烂的灵魂也只是观察的目标，为了抵御每一种表面印象，庸俗的情节效果和类型的灵魂星象被缀织在一起。它们被打磨得像流通多时的钱币和自身没有价值的工具，理性对它们的运用自有目的。花花公子个个如出一辙，妓女总是一个模子刻出。对熟知人物的如此计较表明，事实是，根本只有消失不见的灵魂的平庸残余得到了重视，而这个事实证明，对于发生（Geschehen）的进程而言，"那灵魂性的"是无关紧要的。这样处理的意图显然就是要全然阻断具有实存内容的"那个体的"(das Individuelle),将注意力引向外部所为(Tun)。当然,将特殊溶于类型并非在任何领域地都具有这层意义。当人们处在实存性的紧密关系当中,由他们的对峙导致的上界与下界的一致或许不再需要规定(Bestimmungen),作为超时间的普遍者,这些规定悖论性地落入时间,并且,将"那无条件的"展示在"那有条件的"之中。只要诸存在论的固定(die ontologischen Fixierungen)没有摆脱被定向的人经由它们所发出的疑问,存在论的固定便告有效。固定要求一种类型的存在和施为(Verhalten),后二者要符合它们普遍信奉的含义,同时,存在论的固定屈从于法则,法则要求的是一律的履行。只有当个体展示为类型并体现了确知的真理,他才获得现实性;作为单纯的个体,作为想要成为名和光本身的个体,他是一种无。即使当秩序(ordo)不再全然植根于关系,即使当秩序的来源被在上的字词几近忘却,秩序可以作为世俗化产物苟延残喘;在英文消遣小说里,传统证明了它历久不衰的威力,它让"那个体的"趋近于类型并迫使同一重复。如果秩序因为分沾制约性而解体,唯名论便得其权利,并且,客观无拘束、漫无针对的个性自一片瓦砾中脱壳而出,一切实在此时都转入个性。个性凭借一种完满权力确定自我,这完满的权力直接源于一个更高的源头,或者,恰恰发端于本己源头,并且,

侦探小说
Der Detektiv-Roman

证明这一权力的实存不是通过对一切被给予的前像（Vorbilder）进行模仿来完成的，而是通过这一权力展开的独特性。在紧张关系中共处的人与事物现在彼此驱离，亦即主体摆脱了"那客观的"（das Objektive）拘禁，因为诸本质性（Wesenheiten）的客体世界极力声明要超然于主体。客体世界有如一座被拆房屋的外立面，这立面只能制造空间有人居住的表象。伴随着对普遍性的剔除，由普遍性支撑的类型也被抛弃，而由于进入客体世界没有首先建立起自身，于是，当个性允许被压入已经成为图型的类型时，它唯一丢失的就是它的现实性。只要是随心所欲地养成，个性就实存着，创造它的不是"那超时间的—普遍的"（das Überzeitlich-Allgemeine），而是它的运转。在这个未被固定的、作为碎片的主体的范围内，只有自上而下被确认的存在论固定的剩余留存了下来，因为源自关系的一切都没有丢失。在紧张关系中成问题的并因此具有约束力的秩序的现实性，在这里转化为抽象的合法性（Gesetzmäßigkeit）之不具疑问的普遍有效性和必然性，而环绕和限定着生活的社会类型碎裂为类型的单一表达，它们是和缓生活的沉积物。被上升为自主性（Selbständigkeit）的这些僵化现象展示了关于被认为正当的固定（Fixierungen）的一幅讽刺画，它们夯实了下界，是纯粹外部性的一份植物标本。由它们合成的主体缺少人格特性，反之，于在上的领域，如果主体体现为类型，它会想要完成人格；用自我沉降之生活的化石创造主体的尝试近似于化学家追求人造结构的原生质。侦探小说的否定存在论（negative Ontologie）只证明，小说的表演者们是公式化产物，他们的密钥被掌握在理性的手中。

由陈腐的固定特性构成的人物角色混杂一处，合法的奔忙取代了共同生活，被刻画为惯常的演出。作为侦探小说里不合时宜的突起物，家庭环境被选中是因为家庭成员的紧密关系构成了它的基础，于是，当然地，孩子们崇拜他们的父母，温情的一切遭遇的不幸是无辜的，新娘的幸福绽放在宁静炉边。这并不现实，事实也本非如此，可是，据说只有通过重复无法接近之存在的陈规，才能招来存在图型（Seinsschemen）。同时，作家们通常会设定一个与侦探小说同质的环境，设定人物们聚上一回，为了激发信任和安全感，人物会不停做出习惯动作，而且，一定不会照他们的生活进行刻画。比如，律师和领事——或曾经的官员——堪为一用，因为他们履行受人尊敬的职责，他们从事的工作一开始便已经为他们烙上了遵纪守则的印记。外交官的世界简直是对共同生活审美式的、理想化的变形，因为这个世界视应酬为根本，并因此通过提示其标志性派头彻底地展露自我。环境越是需要命名方为人知，从属于环

侦探小说
Der Detektiv-Roman

境的资格就越会以超然事实的某一典范作为基础，而环境也越发适于将紧密关系在空的空间里标记出来。当环境由地位和金钱构成，环境就一定程度地被强化，在张力消除之后，地位和金钱作为至关重要的象征留存了下来。老爷的身后有仆人跟随，后者身着的服饰有金银点缀，老爷与不义之举形成有效的审美对照，面对"那非法的"，标签充任藩篱，第五大道布朗先生的数百万是对赐福于被定向生活的充分代偿。无疑，为了让公式客套获得决定性的而不是招摇的含义，以正当姿态包装非法行动就更有必要了。另一种存在则无须伪装，已成惯例的作风听候调遣。若要调剂紧绷的性格，违法之徒就玩起轻松的游戏。他一定会隐藏他所独有的外部标志，以对另一个人进行毫无背景的展示，保护色和官方认可的环境保护他不被发现。性格越是呈现总体性，这幅表象就越难以维持；分裂之物可以随意组装。当侦探小说将万万不可能为真的罪犯罩进惯例的隐身帽，它的处理完全合乎逻辑，尽管惯例在被翻出的世界里是法律许可的"那共同的"（das Gemeinsame），但是，作为一个仅限于外部的情节织构，它只得任人踩躏。与实存性的、关系紧密的共同体问题频出的诸形式相比，超然惯例清楚明白的规定独具可靠性，然而，由于这些规定没有指向某种存在并因此蒙遭滥用，其可靠性再度被取消。作为面具，可靠性的无限趁手只是对"那合规的"（das Regelhafte）本身进行反讽式驳斥，"那合规的"在关系之外的自我维护不及在关系之内有效。

尽管"那灵魂性的"在侦探小说领域失去了构造性含义，对它在心理学层面的使用却没有被舍弃；确切地说，以特定方式突出心灵现象是对没有内心的区域进行描绘的审美手段，这里，神出鬼没。一些被给予性（Gegebenheiten）被排除在"那灵魂性的"以外，它们也许向"那处于张力中的"显露，被排除在外的还有诸实在（Realitäten），它们在各具体的过渡层被获得，尽管混沌不明，却仍然见证了指向上方的实存。一如理性的世界拒绝启示也拒斥神迹，它也抗拒被魔力召唤的恶魔，恶魔们聚落于下界和上界之间的王国，非其属类只能对它们进行失真的映现。所以，侦探小说只吸纳从向来残缺的实存中生长壮大起来的事实和意义内容，以消解它们本己的意义。也就是说，侦探小说将它们贬为那自身原本无意义的灵魂性的派生物；从而有意将它们当作虚假结构物清除。先知变成夜游人，术士动用暗示的力量：非常态的"那身体的"（das Physische）摇身变为诸现实性的根据，这些现实性在此领域并不发言；当现实性只是结果，尽管被施了法，它们还是闭锁的。当然，溶入"那身体的"还不够；"那身体的"不是结束，亦非终点，它实为过渡环节，这一环节由绝对的理性按照其需要进行设定

侦探小说
Der Detektiv-Roman

和安装。在理性看来，为超心理学内容奠定基础的心灵状况成为不容商议的要素，理性将之引为自用，受益不浅。借此，理性的统治地位得以彰显，进而，侦探小说有了充分理由以审美方式为它设定充足的单一心理学特征作为前提，理性可以用这些特征试验它的力量。对于这些特征所确认的所有人的显现（Erscheinung）而言，这些特征并非某个仅具符号含义的个体存在者的构成标志，而是不做任何依附的人性艺术品的稳定特质，是孤立的精神活动，这些活动常常在特定情境下反复出现，或者刻画了整个阶级、民族、职业的态度。它们的确是灵魂碎片，然而，这些残片不要求补足，其实，它们被引入的方式充分证明了，它们本身是自我满足的，同时，它们的审美功能在于披露情节和启发智性。在爱伦·坡的一篇犯罪小说里，一封本该藏起来的信之所以未被注意是因为，持信人将它公开置于显眼的地方保管。* 此举并非服务于人物刻画，而是要满足这样一个目的：为侦探杜宾（Dupin）提供大展洞察力的机会。因此，每一项心理学限定都是刻意设置的障碍，是注定胜出的理性将要跨越的障碍。为了让理性所化身的夏洛克·福尔

---

* 这篇小说是《失窃的信》（*The Purloined Letter*）。

摩斯或是阿斯伯恩·克拉格（Asbörn Krag）[*]能够证明他们的分析能力，心灵要素和更多未知数被列入一个方程式，解式归那些伪逻各斯的代表们所有——豪夫（W. Hauff）在他的童话《犹太人阿布讷》（*Der Jude Abner*）中已经示范了这一技巧。^{**}灵魂之物被安插为掌控局面的智性的陪衬，为智性大出风头充当背景。于是，它制造气氛，追踪查迹的演绎法穿透它如一层薄雾，或者，它结晶为抑郁的激情，结晶为显而易见的非理性构成物，以与理性形成审美对比并最终被理性制服和驱逐。被设定只为被消灭，只有作为被凯旋者视为颂扬的战利品，它们才有存在的理由。灵魂不在此地，而对其现实性的最尖刻嘲弄莫过于，它的残片在此遭到思考的滥用，而在它真实所在之地，精神将之捡拾归整，合而为一。

---

* 阿斯伯恩·克拉格是斯文·埃尔维斯塔德塑造的侦探形象。——2006年编注版，第334页。

** 这里提到的是威廉·豪夫（Wilhelm Hauff, 1802—1827）的作品《阿布讷，什么都没看见的犹太人》（*Abner, der Jude, der nichts gesehen hat*）。中译版可见：《豪夫童话全集》，赵燮生、曹乃云译，花城出版社，2014年9月第1版，第138—151页。

酒店大堂

教堂,其现实依赖于共同体的现实,在这里,教众完成连接之工,而单个人想必无法独力完成。一旦人们踏出教堂赖以创建的关系,这个地点徒留装饰含义。如果教堂沉入无(Nichts),构建到极致的文明社会或许因此拥有了证明其非实存(Nichtexistenz)的绝佳场所,正如教堂同样证明了在现实中的联结。诚然,社会对此毫不知情,因为它无法跳出自己的领域去观察,* 同时,只有审美构成物有可能指出这一对应,它通过立形(Formung)令多样性得以投射。在侦探小说中,

---

* 此句在原稿中为"sie blickt nicht nur über ihre Sphäre hinaus",在《大众装饰》中,被更正为"sie blickt nicht über ihre Sphäre hinaus"。——2006年编注版,第335页。中译本从更正文本。

酒店大堂一再露面,它的类型特点表明,酒店大堂被设想为教堂的对映形象,前提是,要在充分的普遍性中对两种构成物进行理解,以将二者仅用于领域的确定。

在这两个地方,人们以客人的身份出现。不过,教堂被用于侍奉人们前去与之相遇者。酒店大堂则服务于所有人,这些人在此不为与任何人相遇。酒店大堂是这样一些人的舞台,对于那被不懈追寻的,他们并不寻找,也找寻不到,是以,在这包围着他们并且唯有这包围的空间里,他们可谓是空间本身的客人。经理所代现的非人格性的"无"在此取代了"那不被认识的"(das Ungekannte),教区会众即以后者之名集聚。当教众为了充实关系而呼叫名字并尽心侍奉,散落于大堂的人们则不具疑问地接受东道主的隐匿身份(Inkognito)。他们断无关系,他们必然滴入真空,置身于现实且致力于现实的人们带着同样的必然从"无处"(das Nirgendwo)向着他们的使命飞升。

为祈祷和敬奉而出现在教堂的会众脱离了共同生活的不完满,他们不是去克服不完满,而是心念不完满并不断将之吸纳到紧张关系中去。他们的集会是对共同体那被定向生活的集中(Sammlung)和统一,这种生活分属于两个空间:由法则仔细思量的空间和超越法则的空间。在教会之地——固然不仅限于此——被分隔的进程相遇了,法则在此发生折射却未遭破坏，而当惯性的连续性时不时地被中断，悖论性的分裂便在此被宣布为合法。[*]通过对会众的教化，共同体得以不断地重新组建，对日常生活的摆脱保护日常生活自身免于沉沦。共同体向其源点的回溯必须服从地点的和时间性的局限，回溯由世界性的共同体传导而来并在特殊假日里发生，这些都只是处在上界和下界之间的人地位可疑的标记，而这一地位迫使着人持续要求对在张力中被给予的或获得的进行自主的固定。

由于低等区域的决定性特点是没有张力，因此，酒店大堂的相聚（Beisammen）不具意义。尽管在此也发生对日常生活的脱离，但这种脱离不会为共同体确保它作为教众的实存，而是单纯将人物们从奔忙熙攘的非现实转移到这样一个地方，在这里，如果他们不仅仅是基准点，他们就将踏入空（Leere）。在大堂里，人们发现自己与"无"面对面（vis à vis de rien），这里是单纯的空白，绝不像股份公司的会议室那样服务于由理性设定的目的，这些目的必要时有可能遮盖在关系中获悉的指令。然而，在酒店的停留既不提供看向日常生活的视角，也不提供逃离日常生活的出口，于是，它制造的是一段与日

---

* "悖论性的分裂便在此被宣布为合法"中的"在此"在《大众装饰》中被删去。——2006年编注版，第335页。

侦探小说
Der Detektiv-Roman

常生活没来由的距离，对这段距离的开发至多可能是审美式的——"审美式的"在此意即对非实存的人的确定，意即正定的（positiv）"那审美的"剩余，这剩余在侦探小说里令非实存可供迁入。四下闲坐的人被一种对于自我创造着的世界的无利害愉悦感（interesseloses Wohlgefallen）攫住，人们察觉到这个世界的合目的性，对于与之紧连的目的却并无概念。康德对美的定义在此经历了一次实在化（Realisierung），这次实在化认真地实践了将美的定义与"那审美的"隔离并使这一定义不具内容；因为，作为可与先验主体相比较的、被合理虚构的复合体，在侦探小说被排空的个体们身上，审美能力事实上被排除在"那所有人的"实存性特征以外，同时，它被去现实化为一种纯粹的形式关系（Relation），这种关系对待自身（das Selbst）和对待素材（Stoff）一样漠不关心。*康德本人可以不考虑先验主体这一恐怖的冲刺，因为在他看来，"那先验的"（das Transzendentale）仍会非跳跃式地进入预制的主体—客体世界。即使在审美领域，他也没有彻底放弃"所有人"，这一

---

* 与此处讨论相关的康德（Kant）的论述请见《判断力批判》（*Kritik der Urteilskraft*）的导言和第一部分"审美判断力批判"（Kritik der ästhetischen Urteilskraft）。中译本可参见邓晓芒译《判断力批判》，人民出版社2009年9月第一版，第249页以下。

点由他对"那崇高的"(das Erhabene)的确定加以证实,此即,将"那德性的"(das Sittliche)同时纳入考虑,继而尝试将被肢解之整体的残部重新接合。*在酒店大堂,与崇高性无关的"那审美的"所得到的展现当然没有理会这些向上求进的意向,而且,"无目的的合目的性"(Zweckmäßigkeit ohne Zweck)的语式也将它的内容抽空。**正如大堂是不超越自身指向(über sich hinausweist)的空间,与之对应的审美状态将自身设定为最后的障碍。只要驱动突破的张力受阻,并且理性的木偶——不是人类——息了忙碌,这道障碍就拒绝被冲破。可是,终结于自我的"那审美的"就失去了根基;它遮盖本应由它指明的"那更高的"(das Höhere),而它所意指的只是本己的空虚(Leerheit),按照康德定义的字义,这种空虚是一种单纯的力的关系。只有当它有所侍奉,只有当它投入与它自身无关的张力而不是要求自治,它才能摆脱毫无内容的形式的和谐。如果人的自我定位超越了形态(Gestalt),美也才可能成熟,是一种充实了的美,因为,美是结果而不是目标——然而,当它

---

* 康德关于"崇高"的论述,可参见邓晓芒译《判断力批判》,第288页以下。

** "无目的的合目的性",可参见邓晓芒译《判断力批判》,第265页;关于"合目的性"的论述,参见第264页以下。

被推选为别无结果的目标,徒留美的空形式(Leerform)。无论酒店大堂还是教堂,对于在它们中表达其合法要求的审美意义都做出了回应;不过,在教堂,美拥有的是一种用以自我指证的语言,在酒店大堂,美兀自缄默,而且它明白,找不到他者。在品味高雅的俱乐部沙发里,着意于理性化的文明走到了尽头,相反,教堂座椅的装饰源自赋予它们启迪含义的张力。表达侍奉之意的赞美诗于是翻转为集锦曲,那旋律助长纯粹的虚无,而礼拜凝为爱欲,这欲望没有对象,四处游走。

祈祷者的平等(Gleichheit)在酒店大堂同样得到歪曲的反映。当会众建立,人与人之间的差别便消失,因为造物们归于单一的使命,在决定着他们的神灵面前,无法决定他们的一切都不复存在:即由人设定的必要界限(Notgrenze)和自然所主导的划分(Scheidung)。共同生活的权宜在教堂里被经验为应急措施,而罪人便如义人般进入"我们",义人的可靠在此被破坏。一切"属于人的"所针对的都是其条件,这一事实制造了"那有条件的"之平等;如果会众所面对者本身没有尺度可加衡量,那么"大"在"小"旁失色,善与恶悬而未决。质的这般相对性引发的不是质的混杂,而是将它们提升至现实性的层面,因为与"那最终的"(das Letzte)之关系命令倒数第二的事物(die vorletzten Dinge)摇撼,却不至于将其消灭。平等是正定的和本质性的,不是削减(Abstrich)和前项(Vordergrund),它是对"那被区分的"之充实(Erfüllung),"那被区分的"必须放弃其独立的本己存在(Eigensein),以使"那最本己的"(das Eigenste)得救。这"最本己的"在教堂里被渴盼,被意指;只要被划出的仅仅是属人的边界,当人径直向边界移动时,"那最本己的"自身就会将它的阴影投在诸特殊之上。

在酒店大堂,平等建基于与无的关系,而不是与上帝的关系。在这里,在无关系(Beziehungslosigkeit)的空间里,环境的更替不允许留下目的性的所为,而是因自由之故为其加上括号(einklammern),这自由只能自我意指并因此没入放松与冷漠。而在教堂,人的差异降格为暂时现象,差异又被严肃拆穿,在这严肃面前,定义的确然性却步,如果一段没有指向的逗留没有发出任何呼求,它就会引出单纯的游戏,这游戏刚好将不严肃的日常生活推升为严肃事物。齐美尔(Simmel)将社会定义为"社会化的游戏形式"*是完全有道理的,只是,这个定义仅止于描述。这是在酒店大堂里现身的人物们在形式上

---

* 参见格奥尔格·齐美尔,《社会学基本问题(个体与社会)》(*Grundfragen der Soziologie[Individuum und Gesellschaft]*),柏林、莱比锡:格兴出版社(Göschen),1917年,第56页。——2006年编注版,第335页。

的一致，意味着一种平等，意味着排空，不意味着充实。自奔忙中抽身，人才真正赢得与"本真"生活之特殊之间的距离，然而又不用服从某个自上而下对那些固定（Fixierungen）的效力范围进行限制的新使命；于是，在不确定的"空"里，人无助地消散为"彻底的社会环节"，这个环节多余地站在一旁，一旦开动，又麻醉不止。可见，本已是非现实性的相聚这回的失效非但没有把现实拉上来，反而向下滑入无差别的原子们更加不现实的混合物，显象世界即由这些原子构筑。如果在教堂出现的造物明白自己是共同体的承载者，那么从酒店大堂出来的就是没有本质的基本要素，合理性的社会化本源就要追溯至此。要素近于"无"，它的形成相类于抽象的和形式的一般概念，逃脱了张力的思考错以为可以借着这些概念领会世界。这些抽象物（Abstrakta）是在关系中接收到的一般概念的倒像（Kehrbild）：它们从"那无法理解的被给予的"那里夺走可能的内容，没有通过归位于在上的固定而将这内容举入现实；它们与被定向的所有人无关，后者将世界握在手中，与它们迎面对立；说得准确些，它们由先验主体设定，后者令它们分沾无能，这无能正是先验主体因僭称创世而陷入的无能。随性飘荡的理性隐约意识到了它的制约性，尽管它接纳了上帝、自由和不朽的概念，却与它所发现的那些同名的实存性概念并不相同，而范畴律令当然不是源于道德判断之指令（Weisung）的替代物。无论如何，这些概念交织成了体系，这事实确证，人们不想排斥已经遗失的现实性；只不过，人当然没有握住现实，因为人用以寻找现实的手段是已经宣布与现实脱离关系的一种思考。只有当理性除下面具并冲入不再是在上固定之保护色的任何抽象物的空，只有当它放弃诱人的协调且自身也渴望概念，理性的孤绝方得圆满。对理性而言，一直作为"那无条件的"就唯有如今得到公开承认的"无"，在"无"之中，理性自上而下地极力创建它不再有力挽留的现实性。对于处在张力中的人们而言，上帝成为创造的始与终，全然走入歧途的智性于是用"零"（Null）制造出形象充盈（Gestaltenfülle）的表象。如果智性有意从最接近"零"的"那无含义的—普遍的"（das Bedeutungslos-Allgemeine）手中夺走世界，"那无含义的—普遍的"就从"无"中脱离出来，以应导出某物（Etwas）的必需。至于世界，只有得到真正被经验到的"那普遍的"（das Allgemeine）的解释，世界方才是世界。令"那多样的"得以贯彻的诸关系被智性归为能量总概念，稀薄的一层几乎无法将这个概念与"零"区分开来；或者，智性盗用历史发生的悖论并将"被平准的"（das eingeebnete）理解为单向度时间里的进步；又或者，它状似违心地将非理性的"生活"升格为实体的尊严，

侦探小说
Der Detektiv-Roman

以从所有人的存在所释放的剩余里重新获得限定,并最大广度地冲破这些领域。如果有以上对"那现实的"(das Wirkliche)最外在的还原(Reductionen)作为基础,人——齐美尔的生活哲学所确认的人——就获得了一幅有关在上领域地之诊断的讽刺画,此画之无所不包毫不亚于在"上帝"或"精神"等字词的传扬中得到的那幅画。不过,与滥用已然无法被理解的范畴相比,动用空的抽象物明确地宣告了脱离张力的思维之事实的立场(faktische Position)。被耗空的术语将差异逐出零的单调,与这些术语对应的是酒店大堂的访客们,他们令个体消失在社交面具的外围式平等之后。访客们寄身于礼服之中,借此取消了不确定的特殊存在,而在教堂,特殊存在让位于站在上帝面前的人们的那种不可见的平等,以此平等为出发点,特殊存在完成对自我的更新和确定。人们的交谈没有目的地指向虚无的对象,因此,人们在交谈的外部性中相遇,交谈之平常琐碎只是对祈祷的反映,而祈祷是向下指出人们在不经意间规避的。酒店大堂对于保持安静的强制要求并不逊于教堂,这表明,两个空间里的人们都自认在本质上是平等的。《威尼斯之死》(*Tod von Venedig*)*对此大概是这样描述的:"房间里笼罩着庄严的

---

* 托马斯·曼(Thomas Mann)的小说,德文正确书名为"Tod in Venedig"。

寂静，那是大酒店才有的抱负。正在服务的侍者们脚步轻柔地在四周走动。茶具的碰撞声，只言片语的交谈，这便是人们听到的一切。"这成为惯例要求的寂静毫无内涵的庄重并非出自也许处处可见的彼此体谅，而是效力于消除差异；这样一种寂静脱离了制造差别的字词并强制人们进入面对着"无"的平等，交织着空间的声音或许就在这平等中被吓跑了。反之，在教堂里，缄默意味着冥想被张力绷拉的自身，对人说出的字词被抹去只是为了解放别的字词，这别的字词，无论是否已经被说出，都超越指向人之外。

由于说话者的对话不重要，教众的成员便是匿名的。他们彼此不再需要名字，因为埋首于祈祷的正是名字所标注的经验的存在者（Wesen），因此，他们彼此相识并不是作为将其多有限制的此在（Dasein）交织进世界的特别者。如果专属的名字显明了它的载体，便也将他与"那被命名的"区分开，专属名引人注目又暗淡无名，爱人者想要毁掉它并非毫无道理，好像那是分隔他们的最后一堵墙。对专属名字的放弃为过渡区域半紧密关系画上句号，使得统摄性的紧密关系变得可能，这种关系的双方从明暗交互的往来踏入了在上神秘的夜与光。此时，他们不知最亲近的人是谁，对于他们，邻人成为至亲，因为，造物兴于神秘化有为无的显现，它的面貌便是他们的面貌。无

侦探小说
Der Detektiv-Roman

疑，站在上帝面前的人们彼此唯有足够陌生才能互认为弟兄，唯有如此充分地袒露才有能力互不相识且不具姓名地去爱。在"那属于人的"边界，他们摆脱他们的命名以分得字词，和任何人类的规条相比，这字词更加纯粹地击中他们，而"那若有形态的"如此的相对化将他们驱入隐蔽，他们在隐蔽中探询着他们的形态。施赠名字的神秘被揭开，他们在与上帝的关系中彼此照透：他们于是进入意味着造物之共性的"我们"，这共性扬弃了那一切附着于专属名字的分离和统一，也对此提供了理据。

自我剥夺自我者们（die Sichenteignenden）的这个有界限的"我们"，由于人的制约性而在教堂里替代性地得以实现，它在酒店大堂里则颠倒为匿名原子的孤立性。在此，职业从人物身上脱落，名字沉落于空间，因为只有尚未被命名的人群可以充当理性的攻击点。理性也将被它去个体化的虚假个体们压入"无"，这是理性用以生产世界的"无"，虚假个体们的匿名则把惯例轨道上没有含义的运动当作唯一目的来追求。可是，若匿名的意义仅止于代现虚无的开端，仅止于展示形式的合规性，那么匿名导致的不是紧密关系挣脱名字的紧箍，而是抽走了相遇者联结的可能性，那是名字才可以为他们提供的可能性。个体们的残余滑入放松的涅磐，面孔消失在报纸的后面，持续的人工照明照亮了喧闹的人形傀儡。不相识的人们来了又去,因为丢了暗语,他们变成空形式,像扁平的幽灵无法捉摸地飘忽而过。如果他们拥有内心,这内心就没有窗户,而当意识到无尽的孤绝,他们便消亡,而非如教众那般熟知他们的故乡。然而,作为单纯的"外"(Außen),他们自行消失,并通过对他们之间被设定的陌生进行糟糕的审美肯定来表达他们的不存在(Nichtsein)。呈现表面(Oberfläche)对他们极具诱惑力,异国情调带来惬意轻拂。是的,为了对以其概念吸引着他们的远方进行确证,他们允许自己弹离他们自己唤来的"近";他们独白式的幻想为面具贴上称号,这些称号将对面之人当作了玩具,而为交流创造可能性的转瞬即逝的目光交会之所以得到承认,只是因为对这种可能性的错觉确证了距离的现实性。和在教堂里一样,"无名"在这里也揭露了命名的意义;然而,在教堂里,"无名"是紧张中的一份期待,这份期待表明了命名的暂时性,在酒店大堂,"无名"则是向不受征询之无根的倒退,智性将这种无根变为名字的原产地。可是,如果团结为"我们"的呼声未被听闻,逃避形态的人们就不可避免地彼此隔绝。

  在教众中形成了完整的共同体,这是因为和超法律的神秘的直接关系开启了法则的悖论,当与上帝的关系具有现时

侦探小说
Der Detektiv-Roman

性（Aktualität）时，法则可能效力中止。当连接发生，法则是倒数第二位的，退为次席，而连接贬抑自信的人同时宽容有威胁的人。如此毫不猜疑的人物们在酒店大堂里也代现着整个社会；但是，这并非因为超越（Transzendenz）将他们攫为己有，而是因为内在（Immanenz）的熙攘仍然被遮掩着。神秘没有让人们超越指向，而是它加入了假面之间；神秘没有穿透"那属于人的"外壳，它就是那层面纱，环绕着属于人的一切；神秘不针对权宜提出问题，而是让权宜之中出现的问题归于无效。"于是事实再一次证明，"斯文·埃尔维斯塔德（Sven Elvestad）慎思的侦探小说《死神降临酒店》（*Der Tod kehrt ins Hotel ein*）的一段文字这样写道："于是事实再一次证明，一家大酒店是一个自在的世界，这个世界就像余下的那个大世界。客人们在这里闲荡，享受无忧无虑的夏日生活，而他们料不到，不同寻常的神秘正在他们当中活动着。" 不同寻常的神秘：这个词是反讽的，是双重含义的。一方面是完全一般意义上的，意指对鲜活存在的彻底掩盖；另一方面则被用以指称被歪曲的在上的神秘，这神秘可以发动对安全构成威胁的非法行动。一切合法和非法往来的隐蔽性——按照这一表述的原意和直意——表明，在酒店大堂，于纯粹内在中展开的伪生活被推回到其未曾分化的开端。当神秘脱去外壳，单纯的可能性就消失在事实里:借由"那非法的"从"无"中分离,某物出现。是以,酒店经理体贴地向客人们隐瞒实情,而这些事可能会终结包裹着那"无"的糟糕审美状况。这就好比不再被经验到的在上的神秘将那些朝向它的驱赶过由法则标记界限的中心。于是,身为对上界根据的扭曲且因此是对撕裂着内在生活的危险最外在的抽象,神秘被逐入无意义开端的凝滞的中立,表象的中间便由此中立中形成。为了帮扶被解放的理性,神秘阻碍特殊的爆发,通过帮助惯例占据上风,理性在酒店大堂里强化了它对某物的胜利。这一切如此破损不堪,以致被它们隐藏的所为同时是一种伪装,这种所为被用来保护合法生活,同样被用来保护非法生活,因为,作为任何可能的社会的空形式,它不着意于某个确定的实事(Sache),而是满足于它自身的无关紧要。

侦 探

如果被嵌入审美总体内涵的诸建制纯粹发端于终归虚构的文明社会所受制的诸多条件,那么,从酒店前厅的原始星云里结出的世界被塑造成的这个审美总体便是单义的。在此情形下,侦探小说局限于以下基本审美功效:它指明一幅非现实的图像,对于被小说遵照审美法则驱动的人物而言,这幅图像仍是不可见的。同时,通过交织于结构关系中的诊断在相应的现实被给予性上的投射,小说也允许对这些诊断进行释义。不过,审美的实存性现在绝不会满足于介绍傀儡般自行展开的演进,而是要让被经验到的现实直接在低等区域的显象世界里上演。对"那非现实的"所进行的展示便以双重方式歪曲了现实:这种展示是对现实的不承认,只遵从本己的前提,它也是对现实的遮盖,这遮盖削弱了以下前提:以审美方式被统摄的过程并不意指它所被用来意指的,这个过程接纳试图将其非本真(Uneigentlichkeit)臆想为"那本真的"(das Eigentliche)诸意向。

作为去现实化世界的构建原则,理性透过不同的角色使自己居于主导位置,由此,对平等的一再强调得以表明。理性是不折不扣的制约力量,没有居于其上者。是以,它所看到的是那些被卷入内在的、为它而被创造出来的;除非要发问,否则,后者沉默地一路奔忙,似乎由理性推动着,在它而言,理性的无意义不是没有开始的开端,而是不见终点的结局。不过,理性同时是"那有条件的",被禁足在张力之中,并且,在理性召来的"空"之中,人物们几乎变成穿越理性、直达现实的人,而理性正是从现实之中突围出来。被它们驱逐的所有更高者叩击着锁闭它们的小门。理性拥戴脱离了关系的"那伦理的",并且,作为高于"那伦理的"原则,它竟看似要揭开"那伦理的"悖论。自然,现实找不到执意为其命名的字词,它只得以范畴不相称的陌生习语宣布自己,结结巴巴地发出古怪的声音。凭借"那审美的"实存性,对理性的抉择既然在流于表面的熙攘之中做出,同样的这些诊断就变得饱蘸含义,这些诊断在边界案件里不过是应低等区域的要求对高等领域内容的扭曲,这些含义则想要纠正被歪曲的意义并将那些内容本身当下化于其中。这是诸意向的交错,是从"那非本真的"向"那本真的"一次轴转,过程当中,每一种在后的视点都改写了在前的视点。这一次轴转有可能引致往现实铺设通道的诸范畴被抛弃,经由这次轴转,侦探小说被超越。

作为理性轻松的扮演者,侦探漫游在人物之间空的空间里,而理性则与"那非法的"对辩,将对方喷溅为理性特有的冷漠的"无",合法运行的真相受到同样的待遇。侦探并不指向理性,他就是理性的化身,他不是作为理性的造物去履行理性发出的指令,准确地说,是理性自身不带人格地执行着它的任务——因为,要以审美的方式表明世界与其条件之间的张力收缩,最有力的办法莫过于令人物对自设为绝对的原则完成认同。如同上帝按照他的本像(Ebenbild)创造人,理性以侦探的抽象图型出世,侦探从一开始就代现着理性,而不是通过向理性求助而得进入。由于理性容不下一个自身,它与显象世界发生关系就会遇阻,而侦探所实施的拯救就在于消解由理性变来的某物,此物企图撤销理性,当然,并非为合法之故。

为了完成侦探的任务,伪逻各斯所化身的这个人物决不是寓言式的扮演。尽管寓言也体现一般概念,这些概念却已经丧失了存在和符号能力,因为它们对关系无所经验,而今,它们是被冻僵的偶像,本应存续在记录它们的艺术形象中。然而，已经脱离张力的现实在此获得一次保全其显象的肉身显现（Verleibung）——这次肉身显现遗憾地将唯有在连接中方可被理解的"那不可理解的"呈现于本像和对映形象之中，理性排空被给予的现实，直至它变为本己的非现实（Unwirklichkeit）。认同的意义旨趣有异：或者，它想要搭救"那现实的"，魔法似地借其拟人化来唤醒已经消失的存在论概念；或者，通过对"无"含义的一般概念的拟人化，它背弃了"那现实的"。侦探作为参与者出场，和那些被一连串戳记标注的参与者一样，他的出场源自相同的审美风格意图，完成了对于自"那现实的"创造出来的世界的去人格化，然而，当人格在人物中覆灭，只有人物变成那绝对的非人的。除了智慧这种并不稀罕的印记，他面孔刮得光滑，长相聪明，"训练得来的运动员体魄，沉着的动作"；*此外，低调的举止和按照时兴样式精心准备的穿戴，以上是侦探的典型外貌。时髦社会的成员身份被用来当作他的保护色，他的无本质由此突显，这个社会喜欢按照相同样式寻求至福，而且服从惯例甚于服从自身本能。理性扮

---

* 卡尔·莱尔布斯（Karl Lerbs）在他编辑的侦探故事集《黑暗中的一握》（*Der Griff aus dem Dunkel*）的导言里这样写道，约瑟夫·辛格出版社（Josef Singer Verlag），莱比锡。——此为作者在正文中以括号注明的内容；另2006年编注版更正，正确书名应为"*Der Griff ins Dunkle*"。

演的角色不会改变，作为理性的配角，暴露他的是这样一个事实，即：他从每个作者那里获得一个名字，这个名字是他不可转让的代号。他叫夏洛克·福尔摩斯，鲁尔塔比伊*，乔·詹金斯**：对他而言，标记仍然是被收存在显现中的逃逸，他自身亦是如此。

理性对自治的要求令侦探成为上帝自身的反映。拒绝超越的"那内在的"（das Immanente）取代了理性的位置，而只有当侦探被赋予全知和遍在的外貌，只有当他获准作为天道阻止或干预事件朝令人称道的结局发展，"那内在的"才是这种歪曲的审美表达。然而，他不是古典意义上的上帝，拥有完满的形态和不可推导的本质力量，而是：他解开"那被构形的"（das Gestaltete），却并不理解它，而智性推导压倒一切性格特征，这为他打上了驾驭者的印记。小说如此迂回地暴露了被蒙蔽的理性不可能明白的事：它僭称的神性在现实里何其无用。因为扮成侦探的理性盘算的是在先被给予的（vorgegeben）大意义，而不是影响无可比拟的"那存在着的"，它不改变人也不衡量

---

* 鲁尔塔比伊（Rouletabille）是加伯黎奥塑造的侦探人物。

** 乔·詹金斯（Joe Jenkins）是保罗·罗森海因（Paul Rosenhayn）塑造的侦探人物。

人，而是不具疑虑地把假冒的人当作成品，理性熟悉并且利用其活动法则，引出与己无关的情节，并不通过精巧的推动进行表达。这个侦探上帝只是这样一个世界里的上帝，这个世界已将上帝遗弃并因而不是本真的世界，他统领"那无本质的"（das Wesenlose），执行着乏人担当的权责。若上帝的游戏在现实中到了尽头，理性就丢掉了在现实里偷梁换柱的本领，而侦探证明自己是"拉普拉斯灵"（Laplacescher Geist）*的变种后裔，肯定不是上帝之子。

然而，当上帝也不是他的主业。只有在低等区域废黜上帝才会迫令对这一区域进行审美展示，才会为构建这些领域之原则的人格化赋予独有的超越属性，并且创造出一个在更高的诸领域可能找不到对应的人物。因为，他身上的神性实在越强大，这实在的展现便就越奇突。当这个人物尚且不为人知时，他在自我介绍时当然必定会使些花招，遮遮掩掩，因为"那现实的"坚决抗拒着"那非现实的"意愿。于是，人物将自己浓缩成理性的代表，充当那个浑浊区域最上层的玩偶，他变成熙熙攘攘

---

* "拉普拉斯灵"，又称"拉普拉斯魔"（Démon de Laplace），为法国数学家、物理学家、天文学家皮埃尔－西蒙·拉普拉斯（Pierre-Simon Laplace，1749—1827）提出的假设，此说假设存在一个"魔"，即全智者，洞悉宇宙的一切位置和动量，可掌握过去和未来。

中理性自身的讽刺画，这幅画填满缺口，看似填补了空位。

一旦关系到对现实的呈现，在最外在的、无法担负的含义之外，被理性借住的人物还要承担另一些或许需要实在地体现的含义。如果侦探在全盘理性化的社会中是绝对原则的被代现者，他就同时是在法则内外与"那绝对的"（das Absolute）取得关系的那个形态唯一可能的对应者；既然他化身为被扭曲的"那无条件的"，就必定会扭曲与"那无条件的"相对的人。他是还俗的神父，收下罪犯的忏悔，若非将罪行写成自传，通常无人知晓这些忏悔，于是，他成了秘密的知悉者，他明白要保守秘密，又不能把秘密藏在心里。他赦免罪行不是替天行道或者作为中间人，他接受的是托付；准确地说，是理性为了赞美自我而将它无力转送的祭品占为己有。为了赞美理性，他在酒店前厅举行弥撒，比黑弥撒更阴森可怕，因为它们被用以敬奉并无魔鬼实证的"那冷漠的"（das Indifferente）。重要的是，只要并非神圣的大厅仍然隐匿人群，崇拜活动就能在此成功举行。将这些人从某物的灾难中解救出来便是崇拜活动的意义，而且，由于它作为理性的行动更是逃避同情同感，它必定会暗中消灭扰人的事实。切斯特顿（G. K. Chesterton）的小说《布朗神父的清白》（*The innocence of Father Brown*）真的把侦探变成牧师，披露侦探作为低等区域代表的真面。理性的分析得

侦探小说
Der Detektiv-Roman

以荒谬地展开和证明：神父对"那属于人的"理解进而充当了已然去人性化的纯粹逻辑。侦探也被借予修道士的品质。就像小室里的被隔离者，他独自专注于冥想，只有必不可少的烟斗陪伴在侧，以审美的方式交代他退出了熙攘。在侦探身上，严守幽闭是理性的要求，以实现自我达成。在神父那里，隐居则是收心的方法，以通往他者。对于挣脱了一切人性经验的专心者来说，对于浓缩了一切"那属于人的"虔诚者来说：寂静的小房间包围着他们两个，因为他们都需要小房间的隔绝来专心在不同领域履行相同的天职。行使职责不仅令侦探成为修道士的变形画，还让他变成英雄的映照，理性的英雄的映照，英雄终归宣称了特定的真理。当然，他只是在扮演这种角色，不过虚有英雄之表。因为，在有条件的世界里，他不是好斗地维护不确定的"那绝对的"，而是自身作为其中的"那绝对的"在战斗着；因为这样他就不用受制于局限，也不会陷入注定让他无法逃脱失败的悲剧性冲突。确切地说，获胜是先验的，因而，他的英雄气概只是对真英雄的误解，只有死亡有能力战胜英雄，它终局性地为"那有条件的"消除了悖论。就算是英雄，他也有可能死去，相反，侦探不可以死，因为理性必须无休无止地摆出英雄的姿态——设若他居然死了，他的死恐怕只是一个意外（原因可能是作者想象力衰退），而不是最后一

侦探

道考验。他从来毫不惊慌地全力以赴，像骑士一般无所畏惧地果敢缉凶；英雄般的面貌只是被挣脱命运者的帷幕，是审美意向的畸形产物，让人物在现实中的所有对应显见。——是以，这片帷幕也特别让侦探以术士的面目登场，赋予他法力和大师风范，身怀驱怪和施法的神秘技艺。然而，魔法其实难以渗透领域过滤器；合理的过程就是对魔法的否定，施法的形态也和其他所有形态一样被解除了魔法，变成低等区域的合理过程。为了还能在低等区域寻获已经消失的"那有魔法的"（das Magische），且不必严肃以待，侦探小说为之分配了充当门面的角色。奇人头戴尖角高帽，身披星星斗篷：人们于是听任侦探对众人做法，他本人也以鲁尼文行家自居。"那有魔法的"在此被贬为玩笑，成了可以满足外在的前庭信条，内在则穿透被扯破的魔法面纱，进入理性的奥秘。反转是彻底的：摆脱了联系的智性，它公开的神秘带上了秘传的威严，因为作为世界准则的智性以魔法的形式一道代表着神秘，神秘向它的掌管者要求供奉；然而，由于后者的智性而丧失自身意义的魔法力量降格成了懒散的巫术，成了在可笑的门槛前被牺牲的木偶。这是一次篡权，褫夺了假统治者的权力，却没有确立正选取而代之。因为，如果魔法摆脱了质疑，它便是退化为障眼法的"那神性的"先知先行，而破坏了魔法之僭越的理性，它不是存活于寓言式写作含义之中、超越"那被构形的"之指向的幽灵，甚至也不是尽管否认却又无心泄露了出身的理性的女神——它最终是彻头彻尾空摆的思考，所指的不过是这思想凡俗的空。在与魔法相互攻击的同时，这思考也挑起了一场家族纷争；智性和魔法，两者把脱离了张力的认识设定为前提，只不过，魔法将认识的好的无限性（gute Unendlichkeit）转变为坏的有限性（schlechte Endlichkeit），智性则努力挣脱好的有限性的拘禁，进入了坏的无限性。*——思考的人格化于是终于变成冒险家的掩护形象，冒险家阔步跨越流动的时间，从不涉及"那最终的"。正如他寻求的是唯有不经意才能寻获的时机，侦探为理性自身追求着理性的冒险并且最终不会被发现。冒险家永不知足，不懈的希望和不断的失望让他置身事外；他可不会为了获得他已经失去的而迈入无尽的荒凉；确切地说，是"案件"撞到他面前，或者被分派给他，除开没完没了的案子，他并无他求。从一个任务赶赴又一个任务，他独自展示着理性向着无限的前进（progressus ad indefinitum），这前进在被曲解的无限中引出解决办法，它承载着一个客观的过程，当精神担负

---

* 此处有关"有限性"和"无限性"的讨论承接黑格尔的论述，可参见黑格尔，《逻辑学》上卷，杨一之译，1966年，第二章"实有"。

起这一过程，过程就会要求精神紧张地工作，而当案子与案子之间出现间歇，精神就再度陷入萎顿。这种由失望悄然转化来的萎顿是灵魂所独有的生命力标志，而这标志只证明，灵魂不是被设定为存在的；由于人物处在现时性的状态，灵魂更不会实存。灵魂就这样全身而退，甚至不拥有因其萎顿而要求中止冒险的权利，待一场理性的行动自行结束，灵魂只会更加自觉为虚弱者。和侦探的被动相反，冒险家不期待事件，他主导事件发生并期望无论如何去完成，而不是袖手旁观。他不能停步，因为他没有停留之处；而他之所以从一桩奇遇滑向又一桩奇遇，也许事与愿违，也许事出某种希望此等奇遇永无终了的固执，那都是因为，当生活被开掘殆尽，没有一劳永逸的解救。这是他被抛弃的主体性，这一主体性通过时间将他推向前台，而侦探则没有终结地继续被动前行，为的是完成徒然渴望在时间里实现自我的理性的客观指令。

侦探与那些把被法则包围的此在与超法律的神秘联系起来的诸形态有着相同命运，都立于共同生活之外。他也不与"那绝对的"进行连接，却因此赋予后者人性，而这种对构造着领域之原则的认同替他免去了熙攘的纠缠，这熙攘听命于原则。小说让侦探注定单身，借此以审美方式交代了他的孤绝。如同天主教的神父，他是例外，过着禁欲的生活，充其量由一

侦探小说
Der Detektiv-Roman

位女管家照顾，不过，在他缺乏性生活需要的同时，女管家定是忙于洗洒，准备丰盛的膳食还有咖啡，前提是她绝对随叫随到，又不是那种被用来更有力地证明侦探与人不发生任何联结（Verbindung）的仆人。因为他的独身并非源自为某个更崇高愿望所做的放弃，这是先天的独身，表明了理性的处境，理性在自我任命为标准之后对所谓服从概不了解。被拉斯克（Lask）认为"无感官的"（unsinnlich）那个王国里的女统领没有人味，却非神圣，她根本是无欲之人，无关之人，她既不似圣人般俯身迁就，也不对峙，而是如程序般执行任务，并不深入充盈（Fülle）。*所以侦探被定义为中性，谈不上有没有色欲，是个不接受刺激的"它"，它的中性表现为一种智性的客观，智性不受任何东西的影响，因为它建基于无。为使智性的化身可以审美的方式被理解，盎格鲁－撒克逊的侦探小说类型特别

---

* 哲学家埃米尔·拉斯克（Emil Lask, 1875—1915）在他的著作《哲学的逻辑与范畴理论》（*Die Logik der Philosophie und die Kategorienlehre*, 1911）里，用"非感官的"一词形容位在"有效性及存在领域之外的""那超感官的"（das Übersinnliche）王国，这个王国尽管也可能展示一场"单纯的幻象"，却实为关键的"形而上学的遗产"。埃米尔·拉斯克，《全集》，第二卷《哲学的逻辑与范畴理论》，欧尔根·海里格尔（Eugen Herriegel）编，图宾根（Tübingen）：莫尔出版社（J.C.B. Mohr），1923年，第4—25页，第88—133页（注释6—8）。——2006年编注版，第337页。

赋予他清教徒特征，令他成为精神世界苦行的榜样，苦行修习令世界中的世界无关紧要，完全沉迷于实事。然而，侦探的超然并非源于对那种审美形态的命定式信仰，这审美形态之所以如此设定，只是因为它使得在过渡层的显现能够被理解，这显现被它当作保护色，如此一来，它的现象学有了实践和经验的基础，这现象学通过退回到被解放的理性而同样可以独以理论形式获得——对于审美构成物这是不可能的开端。正是出于同样的努力，侦探的立场通常以某种方式被阐明，这一方式为他的合理性奠定心理学基础并因此将其非现实性超越为一种自身非本真的现实。在里奥·佩鲁茨的《世界末日的大师》中，*小说从一开始便进行心理铺陈，工程师索尔格鲁布（Solgrub）作为业余侦探出场，他被人类社团淘汰要归结于内在的僵死状态，其原因在于一场可怕的、再也无法抹去的战争记忆。**加斯顿·勒鲁的侦探人物鲁尔塔比伊被逐入职业的孤绝是因为他对他的母亲一无所知，而加伯黎奥精雕细琢的小说《不在场证

---

* 里奥·佩鲁茨（Leo Perutz）的《世界末日的大师》（*Der Meister des Jüngsten Tages*），阿尔伯特·朗根出版社（Albert Langen），慕尼黑。——作者正文括注。

** 克拉考尔在1923年曾详细论述这本书，见《克拉考尔作品集》，第五卷，第一册，第702—703页。——2006年编注版，第337页。

明》（*Das Alibi*）里机敏的塔巴莱（Tabaret）在被预审法官问到为什么愿意当秘密警察时，他回答说："真的，很难说清楚。大概因为苦恼、寂寞，也许是无聊。我向来运气不好。现在我的确很有点钱，可是，活到四十五岁，我所了解的只有匮乏，我只能放弃一切……"努力为解释不了的现象辩白，处处皆同。由于孕育了审美创造的实存性特征不可能渗入那些在上的领域，在这里可以找到的唯有形态，一旦侦探领会了它们的伪装——只有前面提到的切斯特顿的小说在侦探身上再度辨认出神父的痕迹——人物现有的面貌就会以内在的—心理学的方式得到阐释，并由此被升格为某种人性的表现方式，显然，这人性也已经将真正的人性歪曲。在尝试直接讨论"那被意指的"（das Gemeinte）时，人们将现象从"空间时间"（temps espace）超越到"时间绵延"（temps durée），*侦探先天的孤立变成经验时间中发生的某个摧毁他的事件的结果，他的无动于衷是孤独的表现，他合乎逻辑的行事源自猜疑。伪逻各斯发现自身再度陷入心理损伤的约制，只是，心灵过程和理性一样算不上最终者（Letztes），而是唯有经由进入关系才能被确定，

---

* 法国哲学家伯格森（Henri Bergson，1859—1941）的概念，"空间时间"指可测定的空间性时间，"时间绵延"则是不可测定的、流动的经验时间的绵延。

它们从关系中获得界限和秩序。将心灵过程作为根基的非理性主义,尽管将理性并入了总关联,却将理性歪曲,因为非理性主义所分得的仍然是理性主义的单一向度。合理的"那合逻辑的"一定不是自主的,它在此转变为"那灵魂性的"衍生物,或如齐美尔所言,转变为求助于它并因此受其掌控之生活的暂时显现——这生活无论如何是摆脱了某种无法支撑生活的根据;只要这一暂时显现极力为它并借此抹杀起独立性,它如此方式的派生就具有正当性。* 但是,侦探人物被用以意指的并非心理学意义上被破坏的此在,而是这样一种生活,这种生活受迫于其固有的某一发生事件而取消了原初的方向,并因服务于理性的自我否定而僵死——更准确地说,自我否定掩盖了与神秘相关者的形态,而后者从充实空间的生活中脱身是因为他不得不与神秘连接。向"那心理的"(das Psychologische)超越悬于半途,超越为人物灌注了灵魂,却不让灵魂从自身的紧张中超越。

尽管孤苦伶仃,侦探还是被批准与同伴亲密往来。尽管身

---

* 格奥尔格·齐美尔,《历史哲学诸问题:认识论研究》(*Die Probleme der Geschichtsphilosophie. Eine erkenntnistheoretische Studie*),重订版,莱比锡:东克尔和洪布洛特出版社(Leipizig: Duncker & Humblot),1907 年,第 35 页以下;《格奥尔格·齐美尔全集》,第二卷,第 331 页以下。——2006 年编注版,第 338 页。

侦探小说
Der Detektiv-Roman

边的华生医生（Dr. Watson）无法相提并论，夏洛克·福尔摩斯却对他向来顺从，照此样板，其他颇负声望的侦探们也同样结交了可信之人。然而，这些刻板的配角扮演的从来不是将主角召回喧嚣中来的朋友角色。他们的榜样华生便是设计周到的类型，他的出场之所以一开始就让人信服，是因为人们需要他作为知情人了解推理过程，否则能够公之于众的就只有结果。侦探本人无力通告自传，正如英雄的故事由作家保管，如果一定要放弃同伴的传记导论功能，则须以足够高明的手法表现之。然而，两者所本根据并不相同：英雄一言不发是因为他与命运交谈，侦探不开口是因为每一种命运都让他缄默。他的沉默无法以实存的无条件加入来解释，而是因为合理添加的无实存性，这种无实存性希望他什么都不要说，一面是自我不幸地受尽煎熬，一面是煎熬的自我已不再有"你"两相面对。因此，透露秘密的人被派到他身边，这个人司职夸耀，揭开破案的内幕，内幕之中便包藏着破案过程的无人格性。此外，对华生的设计更精准地确定了侦探的站位。此即医生这一职业，自华生以来，一再为其赋予荣耀出身的职业与侦探多有相似，足以将其引介给后者，同时，他们又如此不同，避免了混淆。做出诊断的医生也是运用智慧依据种种迹象揭开托付于他的谜团，为智性开路的是看似非理性的直觉，所以医生的工作和侦探的工作有了可比性，后者通过刑事诊断推断出罪犯。可是，正因推论方法一致，侦探运用这些方法时所怀的意图才益发突显。因为，不同于医生以治愈为目的得出结论，对侦探来说，社会躯体的病症仅仅是推理的诱因。在前者，调查事出执业要求并汇集为结论；在后者，调查关乎对调查本身的兴趣，因而结论自行溢流。医生的劣势证实了合理过程的这种安于现状，以意图论之，他的思考受到人类整体状况的制约；或行拯救之实却无拯救之意的过程与医学治愈对外在的矫正如此相像，全然暴露了这一过程的闭锁。由律师司职副官达到的效果是一样的，因为他的探索欲已经被设置了界限，而这欲望在侦探的寻猎过程中则频繁可见。如果在侦探身上无条件展开的"那合逻辑的"在药剂师和医生那里变成了药剂，药剂师会将之做一彻底了结，只是，他和那些配角正好相反，也与侦探不同，他操纵着人形的傀儡。他在原子的世界里庆祝他的胜利，已经不具关系的理性向原子世界坏的无限性袒露了心迹。此时，当理性尾随着最终必定会摆脱它的纯量（reinen Quantitäten）——若它们任由抓握，否定的永恒便告降临——它就在由质子和电子组成的行星系中充当着造物主，在探寻无法获得的终结式的世界公式的过程中，它对质子和电子进行设定或者将它们粉碎。理性的方法刚好与侦探相当，其合法性基础在于，理性的方法将自实存提取的、消散于无的质料（Materie）变为理性的客体，而侦探则统治着社会这一原子复合体。蜂拥在秘密国王身边的朝臣们因此具有了一层不同的阐发含义：通过对由侦探进行拟人化的原则不完满地体现，该原则的性状（Beschaffenheit）得以突出，而朝臣们也反映了这个非造物的地域，自我设定为自主的原则将人们深埋于此。

着与受到驱逐的非法行动的任何二律背反式的联结都已经被中断。同时，如果这一概念不收缩，就会一直扩张，直到对"那合乎法律的"反映丧失其特有意义，并因为不间断地被纳入总体而被错判或者被忽略。"那合法的"是在张力中有效的法则空无意义的剩余物，它无论如何总会攀上最高范畴，并以此方式少有地与提拔它的理性失去联络。而法则，源于和在上神秘的连接，它从未否认它对神秘的依附，只要理性取代神秘，那么在理性和由理性使之独立的合法性原则之间便裂开了深谷。因为理性导致的是同一后果，即："那合法的"从令其成疑的关系中掉落，而"那合法的"或许也可以被彻底理性化，然而，如果理性试图约制它，它又必定最终对之不予理睬。可是，当"那合法的"宣称不依附于赋予其威望的理性，它只是在重复理性本身向其进行糟糕示范的工作罢了。于是，理性的解放所展示的荒谬不情愿地露出了真面目：理性妄想有可能压制由它给予生效的条件，现在，由于理性有意控制的"那合法的"对它的指令充耳不闻，这一妄想荒谬地得以进行。此等复仇也发生在侦探小说里，在其中，作为"那合法的"的化身，警察不同于理性的代表，也拒绝任何对其合法性的编列。警察在这里是形式上狭义上的社会代理人；不过，由于社会没有进入一个更高的、破开社会密闭胶囊的形象，而是被刻画成了没有固定形状的国际性的混合物（这种混合物除了是合法的且自足的，没有别的特点，不知道要令谁满意），因此，警察所执行的指令不是也不可能是由合法性原则向他发出的——因为混合物必定放弃它的自治诉求并且本身定然拒绝有违前提之物。警察好比摩根斯坦恩《走神》（*Gingganz*）里的靴子，诗是这样写的：

> 在田头，忽一声
> 靴子要求：脱掉我！
> 仆人回说：不对啊，
> 亲爱的主人告诉我：脱掉谁？*

作为向上隔绝的社会唯一的行政机构，警察做出的不是现实性的裁决；其实，警察行事专横是因为他的意愿并非选择

---

* 克里斯蒂安·摩根斯坦恩（Christian Morgenstern，1871—1914），德国诗人，这首诗的准确标题是"Der Gingganz"。全诗讨论的中心主题是身份的异化，具体结合克拉考尔在此处的引用，大概可以简单地表述为，一双失去了原来主人的靴子（现在被套在仆人的脚上），在走了很长一段路之后，觉得疲惫不堪，它要求把它脱下来，同时陷入了深思（"ich ging ganz in Gedanken hin"），在对自我和"另一个"（ein Andrer）这两个身份进行思考时，靴子认识到，作为一双靴子，一方面，"被穿在一双脚上"表明了它的被迫，另一方面，它也是自己踏着地面行走，是一种主动的体验。诗人从前引句中提取了"Gingganz"一词，译者在此试译为"走神"，从对全诗的理解出发，"深陷"或许也是不错的选择。以上请读者明察。

而来。当他作为国家喉舌存在，他也享有独立性，对于此独立性，胡伊·德·格拉伊斯（Hue de Grais）给出如下说明，*警察必须直接而迅速地介入；此外，他的影响尤其针对的是可能或的确极有可能发生的事件和行为，还需考虑一切特别的生活关系，这些关系因其变化多端而无法事先得以确定。——这类自由对警察来说当然是必需品；因为能够予以计算的只有被还原为纯量的发生，规则也没有能力统摄和缓如常的生活。然而，这种自主性需要一份全权委托来证明其合法性，当警方的行动要求自己的主动权时，全权委托可以对行动予以认可并同时进行限定。合法的程序并非自动生成悖论，因此，只有当合法程序发源于裁决，而裁决对"那现实的"进行裁断的依据是后者的悖论时，合法程序的自由才变成采取行动的自由。若合法程序在国家法中得以确立，它就终于有了一位保人，这位保人可能有能力做出这类裁决，或者无论如何不会与裁决无关——只要国家表现为一个令社会总体与在上的神秘发生关系的构造物。在对待现实的时候，唯有那些在与神秘的连接特

---

* 《普鲁士和德意志帝国宪法与行政手册》（*Handbuch der Verfassung und Verwaltung in Preußen und dem Deutschen Reiche*），柏林，1907年，第18版，第220节，第324页。——作者正文括注

侦探小说
Der Detektiv-Roman

性中形成的决定好像才是现实性的;所以,如果警察的各项自由也必须被连接特性吸收,这些自由应该不止意味着单纯的合法性不受管束的漫游。法律本就是为自由赋予权限的,而在不承认法律的侦探小说里,这些自由退化为盲目专权的多幕剧。警察的自由不出自同时也对法则进行思考的裁决,也不存在于法则之中,它们是无视法律的,对它们而言,现实不是障碍;法定的固定(gesetzlichen Fixierungen)要求持续的控制,其不可避免的欠缺并非总是被警察的自由所抵消,在自由中,被替换的"那合法的"继续不受控制地发挥影响,它之所以不得不成为固定,或许是因为它因为摆脱了悖论而具有了片面性。通过继续自由地自我设计,"那合法的"没有像在关系中被理解的决定那样争取到本来的联系,而是反之,恰好失去了和现实的每一次接触,而它与现实联结得越紧密,代表着它的机构在行事时的任意色彩就越弱。这些机构冲破精确限定的牢围,为的不是令规则失效以满足随个案而变的生活关系,冲破所确认的只是规则的自主权,同时,看似不受规则约束地越界,从而继续益发深入地让规则卷入人际关系的战斗中去——"那合法的"完成了一次挣脱,这和密探胡作非为所达到的效果大致相近,像是冲破牢笼的食肉动物笨拙的破坏癖,而胡伊·德·格拉伊斯认为,*为了对抗这次挣脱的专横,往往会着急地重新创造法律的安全。合法性原则不受节制的蔓生类似于哲学体系的扩张,力求径直向总体扩展。只有当与实存一道被给予的制约性得到承认,思考才能把握现实。同样,它要实现目标,不能要求自治权来解除它的中间立场,而是必须在关系中经验到攫住所有人的事物。认识中的进步并非单纯的认识的进步,自设为无条件的主体可以自发完成认识的进步,认识中的进步其实受制于将被定向的人带往现实的那些关系的展开——因此,它既不仅仅是认识的进步,也不是一种迈向对总体进行认识的进步,这总体或许只有通过与之相关者对待它的实存性态度——而不是通过思考——才对后者开放。一旦自知不独立的自身还原为先验主体,先验主体可能误以为它凭借绝对性包含了世界,对于包含着总体的体系的认识可能便形成。如同"那合法的",体系于是在关系之外保全自己,而其意欲捕获全体的构造物与合法的任意行动一样,以起始设定或经验为出发,与现实不再继续来往。事若如此,整体只在张力之中向它投诚,而被认识的结果作为认识结果是不连续的,因为它唯

---

* 《普鲁士和德意志帝国宪法与行政手册》,第 324 页。——作者正文括注。

侦探小说
Der Detektiv-Roman

在作为所有人经验的关联时拥有连续性。总和或许可以延揽世界，然而，世界的要素各散东西，能够将它们联系起来的不是把它们制造出来的方法，而是将它们交织到某一种张力中去。相反，体系，即经过整理的经验总和的歪曲，它一开始就认为能够确定结局，于是，如同脱离法则的"那合法的"，体系由其构成性的原则发展为总体，它向着这样的结果挺进，这些结果越是远离现实，就越是明确地拒绝让现实接近那种原则。在前文提到的爱伦·坡的小说《失窃的信》中，杜宾曾很有把握地注意到："……（警察）长官和他的手下这样频繁地失手，责任首先在于没有能力切入一套陌生的思路，其次在于没有能力判断事态，完全没有或说没有充分考虑对手的思维特点……所以，如果他们面对的是玩弄另一套诡计、比他们更狡猾的人，警察的方法通常会失灵；当然，假如他们的脑子比这个人更好使，往往还是不管用。他们调查的时候，方法总归是老一套；案件特殊或是酬劳格外丰厚，这最多激励他们的干劲，他们会的无非是把他们习惯的那套办法挨个统统使一遍；对方法本身却不做任何改变。"（哲学的或法律的）体系已经实现的总体性只是体系的总体扩张，扩张的完成以现实经验的累积为代价；这一总体性所表现的整体遮蔽了现实的整体，如果说经验的汲取应该来自现实的整体，那么，对于这个整体，认识根本不可能进行终局式的呈现。

由于侦探小说里的警察作为"那合法的"的捍卫者所占据的职位不是从更高级法源获得授权，有关其职责的规定含义不会超越自身。他们的设置针对"公众或其单个成员"，当然，若"那合法的"已经孤立，就只有公众或是单个成员。如果教众和与神秘相对的人联合，那么公众就是彼此无关的人物的并立，一旦具备共性，且此共性仍然如此外在地将构成公众的要素绑缚在一起，公众便不复是公众。构成公众的众人处于冷漠的状态，他们不是法律认可的，更谈不上不合法，他们近似于"无"，理性就想把意义放逐到"无"中。通过这个还根本不清晰的合法之众，对警察的使用表明，"那非法的"之缺席已被视为合法。因为，只要众人被理性掌控，存在于低等区域的就只有趋于零的中立状态（或是趋于让人逐渐接近而同样归于零的无限性的实体物），中立状态对应于它的领域位置，这一位置根据法则的上限状态确定，在这里，被废除的法则得到保留，就像在公众中消失的"那合法的"。它在街道、酒店大堂的公开并不与神秘相对，不是被隐藏的"那在内的"的外在；其实，当理性驱赶"那在内的"，作为"那可算计的""那绝对的""那普遍可得的"，"那公共的"就取代了与神秘的个人式关系，后者确立了一种共性，这种共性的特点肯定不是教众的

侦探小说
Der Detektiv-Roman

公共性。当代一些作家和建筑师构想的、可供生活运行的玻璃屋方案完全源自对充分煅烧公共本质的追求。可是，随后便不是"那私人的"（das Private）沉迷于被扩充的共性，而是消失在公共性之中，公共性消除共性丝毫不逊于消除单个实存，而单一实存是共性的前提。自知为最终者的公共性不可能容忍脱离它的单个者，而构成它的诸要素只是它的要素，否则这些要素在理性上是不可理解的。——警察必须设法让这一尚非"某物"的公共生活在安宁、安全和秩序中运行。服从理性操控的冷漠，"那合法的"由之产生或者倾向于它，与它试图伪装的充实空间里的此在一样，这冷漠受到同样的荫蔽，而因其不具张力，法则上边缘的那另一种冷漠更是歪曲得抻拉成了对峙生活的冷漠。如果法则在关系中被打破，秩序就已经抛弃了令其存在合法化的问题；然而，公众的中立不意味着打破"那合法的"，那样的破坏悖论性地令合法规定全数失效，作为"那合法的"并非关键的准备阶段，中立被收入空洞的合法性，所以，它描绘了一种状态，这种状态意指的正是法则再三思考的中点以及中点向上崩解。如此一来，与本应保持冷漠熙攘的安宁相对应的是在法则之内以及超越法则的安宁。可是，在后者，安宁是和平的前光辉（Vorglanz），所有催逼、所有摔打惶惶不安地为和平献身。在前者，安宁标明的仅仅是对潜伏期的

警 察

"那非法的"的保卫；在后者，安宁表达的是形式得到批准的动荡和形式在其间消失的寂静。在前者，安宁是一种"消极之物"（Negatives）：与空的合法固定背道而驰的诸表现是被排除在外的。所以，对待警察向公众保证的安全亦是如此。安全并不涉及包围着"那实存着的"并为其不安全指出方向的法则，它不再作为单纯的冷漠为众人担保，这种冷漠不清楚目标也没有方向，其表现不足以达成目标。警察大人们的秩序所指的毕竟不是为秩序描画一丝希望的人与事物的共处，因为共处面临着超时间的神秘，而且与根本不发生在人与人之间的交往受到规制的进展休戚相关。这个秩序本身包含着"那实存着的"残余，它是统计层面的，不是充满意义的，而且，被抽去了疑难的"数与图形"（Zahlen und Figuren）*的漂砾臣服于麻木的游戏规则。如此被整序者假装稳定，对真实且因而可疑的秩序而言，稳定是无法企及的。从张力中掉落的混合物基于理性的设定分而再聚，理性设定的无时间性将"那超时间的"反映在"那否定的"之中，它没有和亟待整理的内容发生意义丰富的关系，而是对缺乏含义的"那多样的"

---

* 克拉考尔引用的是诺瓦利斯（Novalis，1772—1801）的诗作《当数与图形不再》（*Wenn nicht mehr Zahlen und Figuren*）。——2006年编注版，第339页。

侦探小说
Der Detektiv-Roman

(das Mannigfaltige)进行了单义地规制。按照康德纯粹理性的范例,这一秩序会为世界订立法则,只是,它既没有击中世界的要害,也没有给出法则。它是现实秩序的讽刺画,它必定会将现实秩序的临时特征夸张为不可更改的特征,因为这一秩序不会在张力中反复地形成;于是,它——和安宁、安全的范畴一样——从对法定生活的歪曲变为"那超法律的"的倒像,生活即建基于此。

警察在侦探小说里与"那非法的"作对不是因为好斗,而是依据合法性原则对他的授权。他的工作有其目标,但目标是表象,因脱离根源的"那合法的"缺少本己意义。而在侦探小说里,受到限制的理性发挥着作用,它将过程上升为目的本身,警察为了结果竭尽心力,由于理性的掌控,结果有了意义。警察所代表的"那合法的"是对正定规定的形式化,这种形式化是虚化的,并被降格为单义,而正定的规定关乎充实的空间——且不止于此。如果一直与正定规定保持联结,"那合法的"就会适应并按照对这些规定进行限定的准则发起警方行动。然而,如果这些行动取消了它们的意义源头,它们就只在形式上针对"什么"(Was),它们所针对的实事是经过修剪的并不再被它们获得。发号施令的理性将行动与行动无法穿透的"那现实的"分离,而行动现在试图满足现实的要求,却并不打算与之结合。警察对结果的这种追求正如终局式思想体系的努力一样，要抓住"那现实的"是徒劳的。如果这一追求纯粹听从制造它的、已经脱离共处的理性的诉求，对于在先被给予的事物、本质性和命令，它不可能照单全收并将它们驱来赶去，而只会作为没有世界的过程自行消失。排除它终究是令人懊丧的，它一再催迫被遗弃的"那存在着的"，专注于重新吸收世界的内容，因为它的自身完整，这些内容已经被它抛弃。在关系中可经验到的有：伦理指令，历史性构成物，甚至启示的字词——所有"现实的"和追求现实者似乎在并未自动殃及现实性的体系中庆祝着一场重逢。然而，为了能够就现实的问题给出答案，在问题被完全听见之前，对于帮它摆脱了问题或者说解答了问题的原则，体系必须背叛。尽管有体系，被交织进体系的"什么"充其量被收入体系，又定然无法就此见容于体系，以免它借此自我壮大。接受程度如何尤其体现在思想拉锯的断裂处，这些断裂证实了自我满足的谎言。从费希特到新康德主义，康德的那些继任者一直试图清除被他们视为任意（Willkür）的物自体（das Ding an sich），却只是令自己陷入了单向度体系的任意之中。由于思想傲慢地与现实隔绝，体系就形成了，就像小说中被风格化的警察没有能力向"为什么"（Warum）挺进一样，思想在开溜之后同样不可能重新赢得现实了,而对于警察,不该由他追寻的"为什么"让他偏离了纠缠着他的单纯的过程,也许他不用为目标的消失承担责任。

罪　犯

犯罪被侦探小说理解为由警察制止的危险。因此,侦探小说确认了从高等领域诊断向低等区域诊断进行普遍领域转换的结果:在苏醒的理性的掌控下,"那违法的"变成一个点事实(ein punkthaftes Faktum),它纯粹于内在中与从合法性原则中涌出的事实毫无关联地对立着。看起来,只要侦探小说没有被超越、谋杀、偷窃或是任何其他孤立事件,其含义仅限于其被承认的非法性。和罪行一样,作案者也正是对"那合法的"否定:一个狭义的社会扰乱者,不见容于作为总体的社会。"那法定的"在"那合法的"之中丧失了它持续成疑的存在,而"那违法的"在"那非法的"之中丧失了它在具体案件中不可能被扣留的权利。犯罪仍然是对立符号的行动,这些行动与它们对"那超法律的"之共同关涉间的悖论性交互关系(Wechselverhältnis)

不复存在。现实的二元性了解罪恶也了解正义，作为此二元性的残余，审美构成物保留的只是这种分裂行动的反题——这一反题在体系中被卷入一个过程，这个过程或者解除"那非法的"，或者将之保存为过程的环节。

"那违法的"由此暂时强化为理性的材料（Material），它必定被从关系中剔除，这种关系将它与"那超法律的"进行连接并令它成为"那法定的"之螫刺。通过它之转化为显象，这一要求以审美方式得到满足。由于所有地点的"那存在着的"反复出现，当低等领域的思维不能简单地删除它无法取用的内容，而是尝试以超然的设定对这些内容重建从而剥夺它们的实质，审美总体便捕捉所有的现象并且只通过对它们进行编排令其归于无效。恶之顽冥，自然力量的盲目，迷失在过渡王国的激情的恶魔，反抗者英勇的亵渎：所有对"那法外的"（das Außergesetzliche）确定或多或少依其各自的领域归属受到歪曲，然而，这些确定并没有标记它的本质，而是解放为构成形态，它们仅仅是无本质的、因此可被理性理解的非法事件的外壳。为法外的发生盖上"存在着"印记的生存块片（Bestandstücke），它们与事件的发生分离，并被当作缺乏意义之所为（Tun）的伪装，所为的虚无加倍有效地显示了它们虚无的出场。犯罪行为在现实中则源于某种姿态，这种姿态为行为提供理由并赋予它许多意义,在侦探小说中,非法行为就向与之相关的动机赠送了一层意义。因为这种行为此时不是需要诅咒或为之辩解的"那原初的"(das Ursprüngliche),而是自足之诊断的派生物,自此派生物蜂拥而出的理性不得不弄清它的面目。由于重心往往落在过程本身的凡俗秘密,只要需要对过程的理解,理应承载秘密的内在性就会被启用,它是对过程的重写,不是过程由之产生的核心。随着过程从中点出走,"那灵魂性的"也还原为普遍人的本能,没有能力要求特别关注:贪财、报复欲和感官激情作为思想地基、作为事后理据登场。可是,如果自身避免了"那精神的"(das Psychische)分裂,如果着了魔的罪犯形象事出文学野心的追求,则"那魔性的"(das Dämonische)无论如何都没有夯实情节,准确地说,它如迷雾笼罩情节,须待智性穿透并增加其获胜的难度。从旧时小说里被歌颂的恶棍到夏洛克·福尔摩斯令人生畏的对手还有一段长路。如果说,在前者,罪行源于一种向来被刻画得俗套的人的激情,后者则是在演绎法的光芒中失色,通过厘清事实构成,演绎法生拉硬拽着曝光了魔性效应的背景。

一方面,作案者天性充满无法摧毁的魔法力量;另一方面,魔法是天性的幻觉,作案者可以行骗这样长的时间只是因为"那无法解释的"(das Unerklärliche)尚未被掌握。同样,

侦探小说
Der Detektiv-Roman

"离奇的"不是离开了充实空间隐秘的阴森幽灵的属性,也没有依附于罪行并使之沉入阴森的王国——它起于某个诊断的谜样特性,作为未被探明的诸多关联的末节指骨,这份诊断粗暴地打断了熙攘的平稳进程。如果这些由一连串自我封闭的单位构成的关联得到智性的发掘,它们光秃秃的排列就失去了离奇之处,因为指骨们必然一目了然地相连。反之,在一个构成具有特殊意味的领域,当渎法者的行为毫无顾忌,他的离奇程度便也升高。和他距离越近,他那与理性交叠的本性就越发阴沉可怖;而当理性独自奉献光亮,挪移于纯然事实之间,它祛除黑暗。所以,离奇的只有那权宜,在其中,事物看似仍然恐吓性地和思考对立,呈现为一组古怪的方程式,未知数尚未得出。而大侦探还是拿下了暗中与他对抗的 X,随后,草帚也似的刺客轰然倒塌,推论方法翩然归家。推论获胜的同时是恐慌止步,在侦探小说里,一个神秘事件就可以将人们投入恐慌。让人透不过气的不是事件的威力,而是决定事实的因果链条未被识破——不是经由剧院火灾或梦中景象*(这些实在将恐惧

---

* "剧院火灾"所指应该是威斯巴登(Wiesbaden)的一场火灾,克拉考尔曾在1923年3月对此事件进行过特别报道,见《作品集》第五卷,第一册,第587—590页。——2006年编注版,第339页。

罪犯

驱入每一个毛孔)——在由理性主宰的地区,恐慌恰恰由所有实在的缺席制造,事实本身全无引发恐慌的效果亦要归结于这缺席。人会颤栗,是因为智性会失灵,但它不会止息,因为颤栗将它麻痹。那禽兽般的、那自然强大的、那受折磨的和一切没有意义又不同一般的现象,它们的现身让人发抖:它们的存在是借来的,一旦面具被掀开,背后"那非法的"便裂为平庸日常。在加斯顿·勒鲁的小说《黑衣女人的香水》*中,被认为已经死亡的罪犯达尔扎克(Darzac)的再度出现吓坏了他已经再婚的前妻。在古老的城堡里,因为凶手的外表难以捉摸,人们时刻觉得危险四伏,要发现达尔扎克可能一直在场,就需要鲁尔塔比伊的敏锐洞察力,因为他以事先被他除掉的婚姻继任者的形象混在了无害的人群之中。这部小说的恐慌气氛设置得极为高明,直至最末,一连串事实才给出那个符合理智的解释,唯有这解释才可能制止笼罩着被卷入者的灾难;汗毛竖立不是因为会被勇气战胜的灾难本身,而是因为在一片尚未被理性充实的真空中摸索灾难的前提是徒劳的。当这个智性不堪忍受的空的空间引起一阵惊慌,它就短暂地给予了尚待理性加工

---

* 《黑衣女人的香水》(*Das Parfum der Dame in Schwarz*),约瑟夫·辛格尔出版社,莱比锡。——作者正文括注

侦探小说
Der Detektiv-Roman

的诊断以后者在现实中独有的含义的外衣,这个空间的基础便是由空间的在手存在虚构的材料在逻辑上的不可征服。当理性涌入空的空间,其非法性不可置疑的事实自然火星飞溅,四周尘雾消散而去。

侦探小说里的罪犯多携带异域烙印,此印记把一个没有直接向该领域展示的"本质确定"(Wesensbestimmung)扭曲成"空间时间"的一个现象。假如处在无条件性(Unbedingtheit)的意识当中,一次如此的转换就是不可避免的,因为对实存性张力的放弃必然意味着"那超时间的"在单向度时间中的覆灭,而理性去除了避免空间化(Verräumlichung)的时间性体验。前文所说的(参见第21页)对国际性原则的强调没有克服造物的亦即受限的"一起"(Zusammen),而是有意将之忽略,这种强调仅仅标志着对制约性的部分错判和现实内涵向空间性造型的转变。只因进行发生映像的审美总体不可否认其存在,国际性原则在侦探小说里没有先行完成自治思维所要求的对悖论的扬弃,在这一原则的主导下,在容留与"那超空间的"相关之所有人的充实的、实存性的空间里,"此在"由许可轨道上的运动所取代,这些轨道在空的空间里交错,而法则之内和超越法则的生活在空间上无法表达的、悖论性的同时(Zugleich)凋敝为合法的和非法的人物们没有问题且空间上遍在的毗邻

(Nebeneinander)。于是,"那异域的"也指的是一个于该领域仅在空间上可揭示的实存之物(Existentielles)。充实空间之外的诸可能性在被排空为"陌生之物"(Fremdes)的空间里被经验,远离了安全地点的隐秘。危险和神秘混合,它们越过界限,吸引着远方,比之于此处的临时居所,远方更接近故乡。通过将"那异域的"引入地理意义的空间,侦探小说完成了对以上内部面貌的转译。如果"那合法的"在空间上也未受限制并且颤栗的全部土壤皆已裸露,审美创造就的确为某些土地保留了"未知的领域"(terra incognita)保护区。如今即是埃及、印度或者中国——如同服饰,最受欢迎者取决于时尚:任何世外桃源都绝对配备了陌生性(Fremdheit)的印记,当选为充满无限可能的自然保护公园,这些可能性恰好是美国无法提供的。来自那些原野的后裔,在我们大城市里出现继而消失,他一定不是罪犯;他的功能其实在于制造"在外的情调"(die Stimmung des Außerhalb),自然,这种情调仅作为替代式情调进入整体,不会被任何合法人物所经验。由于低等地区的实存性状况在得到空间性体现之后挤压着所有人,国际性原则与承认异域飞地之间的对立就无法避免,此对立从属于那样一些矛盾,它们是"那多维度的"被平准之后的剩余,唯有通过"向着无限的前进"接受理论性的、表面的打磨。从审美上说,印

侦探小说
Der Detektiv-Roman

度怎么说都是一片未被开发的土地，它的丛林嘲笑着沥青，它的苦行僧令绅士着迷。所幸的是，理性推翻了"那异域的"诉求，它毫不含糊地指出，非法事实同样可以解释，"那异域的"如今来自某个异国人还是艾克街的穆拉克酒馆。*

侦探小说里总是反复出现绅士罪犯，其双面演出将增加侦探完成任务的难度，这可以被理解为一种尝试，即至少以外在方式展示实存的悖论。如果悖论存在，则"那法内的"（das Innergesetzliche）和"那法外的"的范围就彼此接壤，并且，实存性张力统合着"那被分离的"，却没有混淆差异并分解于其中。将两个范围内的在场歪曲为"那合法的"与"那非法的"对立之后，遗留的只有每个领域内现实性悖论的残渣。"那超法律的"藏身于"那违法的"，"那违法的"裂变为"那非法的"，而取代了被定向的人，其双重生活构造着其人格统一体的绅士罪犯以两个形象构形出艺术统一体。他不是一次又一次

---

* 此处指著名酒馆"穆拉克之缝"（Mulackritze），是海因里希·齐勒（Heinrich Zille）笔下常描画的无产阶级环境，克拉考尔评论过的影片《克劳泽妈妈的幸福之旅》（*Mutter Krausens Fahrt ins Glück*，1929年）也在这里拍摄，该酒馆虽在穆拉克街（Mulackstraße），却也是影片《艾克街来的女孩》（*Das Mädchen aus der Ackerstrasse*，1920）的参照，艾克街由此成为无产阶级柏林的典型。——2006年编注版，第335页。

从共同体中渗漏出来的统一体,因为,在他眼中,共同体不意味着"那最终的",而因为非法行为与合法行为与他贴合如此紧密,似乎他就是一个统一体;关系没有将他超越指向法则之外,而是正派和逾矩偶然在同一处交汇,在流动的时间里彼此跟随,并不脱离各自独一无二的根据。即便精神分裂症是"自我"(Ich)的分裂,绅士罪犯却没有在他的胸膛里调和出两个彼此独立的灵魂,准确地说,他是两组扞格的行为序列的固定点,这些行为徒劳地想要伪装为发端于一个灵魂。它们定位于同一地点,这丝毫没有拉近它们彼此的距离,而当它们看似同在,它们事实上也并非同在。因为,它们的汇合,要么是一种空间时间性的纯粹巧合,要么,雌雄同体的一半只充当另一半的面具。第三种可能性是,双重形象关系到侦探小说的一次超越化(Transzendierung),这一可能性还将在后续章节被讨论。不过,即使综合法(Synthese)总是弄砸——只要小说坚持其初始立场:绅士罪犯开初仍是对实存的人的歪曲,他试图以各种要素重建实存之人的统一体。此处动用的方法和联想心理学一致,联想心理学拒绝对整体的经验,而且,它之所以有能力以局部制造出幻影,只是因为它彻底地掘进了整体。

转 化

作为理性的人格化，侦探既不是在追踪罪犯，因为后者已经犯法，也没有自我认同为合法性原则的承担者。可以说，他解谜只为猜谜的过程，只不过："那合法的"和"那非法的"作为剩余恰好是在手的，这令他多半倒向警察一方。如果这些模糊的库存也已勾销，就没有什么阻拦他消失在首尾不辨的纯粹过程中了。后续发展事与愿违也并不少见。然而，理性大体自知是某个更高者的残余和替代品，而它没有沉入因其继任而予以认可的"无"，理性，某物的影子，通常情况下，它决定以战斗姿态对抗"那非法的"。当然，理性之所以如此并非因为它现在拥护"那合法的"，而是要在被分裂的世界里拥有一个攻击点。理性放弃冷漠，这没有结束冷漠，放弃是机会主义的结果，至于理性与"那合法的"结成的同盟，理性随时可以

侦探小说
Der Detektiv-Roman

摆脱。在侦探小说里,尽管理性对"那合法的"保持着懒洋洋的忠诚,却只是因为,单向思维在争取同一性设定时不假思索地让"那合法的"讨好理性,"那非法的"就此轻而易举地被贬为混蛋。

意识形态体系可以推断出无限性中的方程式,在审美构成物的有限性之中,方程式得不出结果。侦探追踪的目标和警察的是同一个,于是发生的一切归根结底是为了将他与后者区分开来并证明其独立性。为了突出他不受制于法律所认可的职责,侦探被刻画为个人身份,他自愿接手案件,回回都和警方联手,并不加入后者。关系是松散的,这个目标共同体只在于查明作案者,这是警方任务的一部分。由于破案纯为理性的事务(或者至少在审美上被理解为理性最本己的任务),小说的侦探必然胜出,正如卡尔·莱尔布斯(《黑暗中的一握》,见第78页)听起来并无创见却是准确的说法,"和头顶优越光环、官派十足的警察机构两相对照",熠熠生辉。具有代表性的小说对侦探和那些机构的区分不仅在于使前者摆脱社会的制约,还刚好为其行为保留了足够多的预期目标,以对他时不时的加入进行合乎法律的解释。"侦探可能具备合乎公序良俗的品质,"莱尔布斯评论道,"按照法理,作为逾法者的代表,他必须拥有以上品质;然而,驱动他展开行动的本质因素另有所在(从创作者的立足点考虑)。这关乎大脑,而非心肠,也是现代智者争夺控制权的重要部分……"就是说,侦探和警察以不同武器作战;因为,尽管后者极力表现得理性,他却不可能像前者那样畅通无碍地运用理性这一手段。警察是公开的工具,他所代表的"那合法的"为他设定了界限。"那合法的"为社会的一部分对付社会另一部分订立了原则,因此,委身于该原则的警察只可能作为合法机构侵入"那非法的"地区,警察的行动选择在此被限定于合法手段,侦探则可以不带感情地对"那合法的"和"那非法的"采取行动。和侦探相比,官方部门显得笨拙,行事残忍。由于警察首先必须维护"那合法的",尽管它让理性服务于一个自理性派生之物,理性面对的却是自主化的势力,它一再以不符合程序逻辑的意图破坏理性的程序,是以程序必定忍气吞声,处处退让,这时候,起决定作用的不是原则的威力,而是对逻辑推论法毫不动摇的运用。但是,当一个领域里的诸暴力之间发生对质,在此领域,罪人的内在变成罪犯的不可见,而且天意在理性中消失,对逻辑推论的运用只将解谜引至目标。莱尔布斯也是如此认为(《黑暗中的一握》),在他的论述里,认识当然没有渗入坏经验的麻木媒介:"犯罪学一次又一次地豁开缺口,高明的罪犯总是突如其来,面对警察对他动用的手段,他以残忍的手腕又或世故的优雅嗤之以

侦探小说
Der Detektiv-Roman

鼻。形象多变,这常常是现代生活臻至无法触知的微妙所需的柔韧武器,是一种调节和转化能力,以不受拘束的机动性和能屈能伸的适应性弥补安全力量的人数劣势。官方的警察机器向来免不了行动迟缓,妨碍了这一条件的全然充实。"

在侦探对警察的关系里对侦探的主权进行表达的修辞手段正是反讽(Ironie),理性利用它对抗合法势力。方法大体如下,苏格兰场的警长根据某理论处理案件,理论基于踏勘,最粗疏的可能性也有可取之处。夏洛克·福尔摩斯让本身忠实又可靠的官员充分施展无能,却也利用他犯错的时间凭一己之力找到解决问题的办法,揭穿那种可能性的谎言。受到羞辱的官员将错就错,因为慷慨的侦探为他着想,放弃了公开受到嘉奖的机会。这种反讽不是常见的苏格拉底式反讽,后者的优势归在"不知",它当然也不是与"那无条件的"相对者的独白式的反讽,对于与"那无条件的"相对者而言,每一项法律诉求、每一次抉择都变成模棱两可,这种反讽是理性为以后更加明显且明确的现身暂时自掩身份的姿态。这只是一种姿态,因为反讽的先决条件是处在转运中的内容最终的不可见,否则,反讽不能贯穿,让人入了歧途。但是,被上升为无条件的理性从一开始就发现自己所处的立场不再允许它作为反讽的空形式;"那合法的"的僭越弹回到理性,和它一道,没有进入关系。如果

转化

警长起初便在掂量要不要相信自己不会犯错,而最后又必须承认自己已经输阵,他就会感谢教训带来的认识,如果反讽迫使受教者回到训导者的制约性,这教训唯有现实性的反讽才会提供。然而,由于侦探需要"无条件性",他伪装出来的无知是个蹩脚的玩笑,这个玩笑不是用来表明共同的依附性,而是想为自己的可靠增添必要的调剂。其他人肯定避免挑战,侦探却向一股根本不应该嘲讽他的势力屈服,因为这股势力自认为最高者,而因为这份自命不凡,这股势力自身免不了会遭嘲讽。这股势力其貌不扬,是以当局的自负跌跌撞撞地自曝其短,这股势力表明一种实为愚弄的态度,更是一种让理性从它所构建之领域的诸权力中凸现出来的手段。愚弄一旦得手,侦探便可以欣欣然把破案的声名转让给官方的竞争者们,后者迟至此时方才了解,他们一直以来不是只在与天使斗,而是在和我主本身争;作为理性的扮演者,侦探自带酬答,放弃只是为了宣布,他不曾融入社会。

当警察、侦探和罪犯三种形象全都针对被它们歪曲的"那本真的",这些形象之意指的透明性便相应升高。侦探越来越频繁地踏出超然理性无意义的冷漠,吸收那被冷漠掩盖的:"那伦理的"渴望超越固定,侦探成为其承载者并一如既往不相称地代现着与"那在上的"进行连接者的特征。就连"那合

侦探小说
Der Detektiv-Roman

法的"和"那非法的"的对立也通过视角转换重新获得它们的关系。固然,对于一个缺乏"名称"且"那在上的"完全被计入内在的世界,或许只能拿现实进行不完满的充实;它的形象可以让暴力的意义被照透,这些形象取代了暴力,然而,一层面纱围住了无法尽情呼吸的意义。由于"那超法律的"在这个世界没有位置(Ort),因此,当间接意指现实的意向说服力越来越强,在"那非法的"和"那合法的"之间,"那超法律的"必定向前者倾斜更多,"那合法的"作为"那法定的"的遮盖物,探索着它的界限。可是,只有当被驱赶的"那在上的"在其范围之外找到庇护所,"那合法的"才可划定界限。所以,在侦探小说模糊难辨的范畴材料(Kategorienmaterial)里力求得到表达的实存性越是强烈,未命名的神秘和不法(Ungesetz)的结合就越是密切而深入。列明含义导致:作为与神秘相关者的代表,侦探开始与"那合法的"脱离关系,出于圆滑的考虑,他在初始立场上与"那合法的"是同道。侦探廓形越发分明,直到最后,形象消失,本真的意指射穿最后一层柔软的外壳。

随着理性不再出于冷漠而是作为"那伦理的"之被代现者远离了"那合法的",超越开始了。所以,侦探不在最末尾退场,因为他满足于解谜过程的实施,准确地说,他隐退是因为:以"那伦理的"角度理解,合法判决无法实现。若他担心

转 化

案情过于难缠，为避免当局做出失策之举，他会将警察排除在外，独力寻找出路。他为表里不一的嫌疑人提供溜逃机会，替牵连了无辜者的事件打掩护，守口如瓶，撮合因客观条件无法见面的爱人们——长话短说：他成了神职人员，变成扭转乾坤的力量，于法律之上行生杀予夺事。一切皆合，只是在心理学意义上走了样，因为支配审美构成物的诸范畴比挣脱它们的诸意向更加强大，而且，直接意指的一切尝试没有消除那些范畴的内在意义，这些范畴可以被用来意指那如今被放入范畴之中的。当侦探这个自觉的"那伦理的"承载者转向"那非法的"，他已经更坚定地偏离了初始立场。他和罪犯交好，他尊重因激情而迷失的人，如果这些已经不是在力图展示实存的悖论，它们至少揭露从关系掉落下来的"那合法的"之疑点。在道尔的一篇小说中，充分装备了现代盗窃工具的夏洛克·福尔摩斯以正在作案的入室窃贼形象出场，要抢一份无法通过合法途径弄到手的文件，给一个放高利贷者定罪。* 在这个他表现得游刃有余的局面里，他向无法回避的华生发表的评论有如从他心底发出的一声短促叹息，他说他真的拥有成为高效罪犯的工具。

---

* 《查尔斯·奥古斯塔斯·米尔沃顿》（*Charles Augustus Milverton*，1904）。——2006年编注版，第340页。

侦探小说
Der Detektiv-Roman

不过,比言辞出轨更重要的是:他向警察隐瞒的不止偷盗,还有在他入室期间发生在一位女士和放高利贷者之间令人为难的一幕,这出戏以后者被受害人枪杀告终。在这里,侦探公开和警察——僵化的教士阶层——所认同的"那法定的"作对,而同时,作为与并不明晰的"那超法律的"有关的被选中的人,侦探批准女士犯错,在他看来,女士理当得恕。然而,对于下级区域所承认的实在性来说,和侦探为了重新连接社会整体而超越为"那合法的"之对手(与僵化的适法性斗争)相比,他向包含着俯视着社会总体的、与"那在上的"进行连接者的转变并不那么相称。因为"那神性的"被流放至内在,"那合法的"就没有了合法性,而唯有通过在"那法外的"范围内运行的诸力(Kräfte),它才可能被收入关系。这些力反对自我满足的固定,它们是"那超法律的"应急的和不纯粹的分号,"那超法律的"为它们充当一件不情愿的工具,以在其超越之中得到承认。对"那本真的"进行回应的立形把侦探从小说里未被给予的、位于社会总体之上的那个地位上拖了下来,用"那非法的"自身的代表——尤其是绅士罪犯的形象——熔炼他,选中这一形象为的是唤起对"那超法律的"之记忆。只要审美总体只映像被理性制约的世界,侦探就可能被视为实存性的人的对应;视角转换让角色有了发言权,他便可以成为面向合法社会的目击者，公开被终局合法性所拒绝的神秘。合法性遭到破坏，因为侦探行为不法，而"那非法的"被证明是应急之举，因为侦探并没有彻底与"那合法的"决裂。在无声的世界里，在"那现实的"尚未被言说的世界里，绅士罪犯是一次徒劳的尝试，试图为同属于关系之区域间的深渊搭桥；而侦探的身份必不能与之同一，因为理性既不允许被归入那些区域自身，也定然不愿被分入它们在艺术上的联手。可是，当理性表现为进行连接的存在者（Wesen）透光的外壳，同时，本应由它输送的"那在上的"下沉至内在，以此适应在侦探小说中被攫住之实在的非真实性，因此，没有任何理由断言现在被认为在扮演连接角色的侦探就是将其隔离的第三者已经证实的特殊形态，侦探可以进入两股权力的对战游戏，这两股权力意味着一切。如果锁闭的法定性（Gesetzlichkeit）本该由他破开，他就纯粹成了罪犯，内在必会粉碎。不过，由于主导范畴设定的"外"将"那非法的"摘出合法性的范畴，他唯有将合法性当作畅通无阻的双重形象引为一用。文学中早已塑造有侦探骗子类型。莫里斯·勒布朗笔下难以置信的亚森·罗平（Arsène Lupin）是一名侦探，只是，他的机智没有和警方联手，他抛开冷漠是为了进行非法冒险。这些冒险绝不是让人唾弃的犯罪，它们其实伪装为犯罪，并不是当真堕入其中，它们是在未获许可之地的

侦探小说
Der Detektiv-Roman

智力游戏,唯一确定的是要摧毁"那合法的"的安全感,后者否定这些冒险是因为自己的不义(Unrecht)。作为经过艺术立形的理性的经过,作为形式上一向相同的过程之例证,这些冒险缺乏实事的分量,只不过正好保有如此充足的独特含义,足以抨击警方,将日常运作弄得不得安宁。罗平的种种干犯特别针对"社会",足证其大师风范:他讥笑市民,在一份经他指定的御用报纸上,他公开宣告自己的意图,在成功越狱之后,向好奇的警察总长详细说明这值得夸耀的行动。不过,由于侦探参与代表的"那超法律的"摇撼法则只是为了创立法则,是以,当侦探丢弃"那合法的",他必同等程度地承认"那合法的"是"那法定的"的剩余。就其外在而言,这里表达的仍然只是激情投入"绅士"一职的手段,而当洞悉一切诡计的人在和英国公使交谈时表明自己控制着局面,人们不会觉得吃惊。可是,得到强调的是对"那社会的"之放弃,关于放弃的伦理辩白唯有通过心理学媒介才能提交。少年罗平面色苍白地报告他的生父和生平,他头一次触犯法条是要把他的母亲从一个伯爵家的充满羞辱的关系里解救出来——这是孩童心灵的动人面貌,它以非法的方式对合法的装腔作势发出抗议。当风趣的勒布朗引用福尔摩斯的话好让他保护处境困难的社会,这抗议的意义就一股脑地浮现出来。诗意的理据的确也让他成为另一

过 程

侦探小说打造的关键情节是由侦探实施的解谜过程。这一过程对应着连接工作。这种连接如何发生呢：是不是孤独的悔过，神职人员有没有帮助有罪之人向法、守法，异端分子招惹为他而编列的法则，是否向"那僵化着的"揭竿而起——连接始终是确认和保存着"那现实的"的发生事件（Ereignis），因为发生事件将关系中的"那被创造的"设定为连接的条件。现实并非状态，它是一种缓刑，一番审与答，一条路或一个过程，一个得救的过程，用神学的语言说，它不得不将"内在"（Immanenz）坚持到底，因为"内在"并不停息于自身。被定向的人踏入这个过程，通过思索"那最终的"，他没有跃过此过程，而是投入或者被投入与"那最终的"的关系。这才是人

侦探小说
Der Detektiv-Roman

向着"那最终的"的运动,内在性的辩证,如克尔凯郭尔所称,将人置入现实,因为他是现实性的,并且,只要他与"那绝对的"对峙,他就抓住了现实,由于人的制约性,"那绝对的"以认识方式是无法被理解的,并且,在与"那绝对的"的张力中,人每次接收到的解答都直面他的问题且此解答自身可以继续成为又一个问题。在现实中,认识由实存着的人来承担,亦即:在现实中,现实产生自与"那无条件的"的关系,并非现实排挤实存,一旦得到自主的理性极力凭借由它体现的绝对性将"那绝对的"对象化(vergegenständlichen),现实必定走失。"那绝对的",其无以言表只有能力令内在性的辩证倒向"那有限的"(das Endliche)并被后者召唤或可能对后者进行回应,它随之蒸发为理性的客体,理性将它搬入"无限",理性最终没有成为超越,也没有脱离"那有限的"的内在。而通过那种实存性辩证建立起来的与"那超越的"之连接,将有条件的人举入现实性,变形为无止尽的但坏的有限的过程的辩证,将此辩证从有条件的内在范围平稳地引向与内在范围并未分离的"那无条件的"。通过将在关系中被经验到的超越的确定歪曲为由内在的理性设定的理念,目标已经为"那绝对的"指出,这些目标赠予它方向,让它在"那无限的"之中止步,理性借此对总体进行评估;但是,这些目标不适用于可能实现它的所有人,当所有人面对目标,因为能对总体进行设想,这些目标是根本不可能在此真正终了的合理过程假定的终结点,因为履行这一过程的理性已经因其绝对化而踏出了仅供停留的所有人的辩证。按照理性脱离的方式,现实的诸显现经历了又一次歪曲,终局性的诸体系对"那绝对的"的吸引力各不相同。对它们而言共同的是,它们都对"那绝对的"进行了彻底思索并因此抑制了对现实的认识,后者逃避与"那绝对的"的张力。设若内在范畴不顾自治理性的诉求,的确未被冲决,而"那本真的"在其帮助下试图自我呈现,那么,理性可能最终完全沉迷于自身,而结果便是这样一个过程,这个过程欲从起始的"无"推进至"某物"的总体——这是一个开端,对它而言,结果事实上只相当于一个借口。对于被剥夺了其存在论剩余的先验主体之被虚化的这一过程,侦探小说以审美方式进行了展示,这个过程把被理性分裂的内在重新拼凑起来。这个过程自然不会在小说里漫无边际地绵延,它会有了结,因为这个过程贯穿始终地统治着理性所"针对"的风格化的世界。

对情节的设想强调智力,这证明了侦探的显现形式。他所缺少的不单是灵魂,还有灵魂的显象,而且,他对身体(Körper)的支配同样要求是审美式的,于是,和不得已在感官媒介里透不过气的理性相比,*他的行动的确不是统摄身体的全部形态大作战。旧时"下流低级读物"的主人公们:冒险家、强盗、印第安人酋长,他们拥有强健体格,令他们能够忍受物质匮乏和身体劳累,保证他们对敌处于优势;此外,他们更是具备大人物性格和老谋深算,构成阅读世界迷人风景的那些奇事首先是他们身体的故事,英雄好汉的事迹,在这里,交合着狡诈的身体暴力通常决定着胜败。现在,侦探定然亦如运动员般完美,莱尔布斯(《黑暗中的一握》,见第78页)公允地评论道:"他在屋顶上身手如此敏捷,如履平地,他骑马,游泳,驾车,他攀高如猫,举枪开火有如蒂罗尔的偷猎人。"然而,这些技艺在这里不是毫无破绽的体质的自我展示,而是理性核实其认识的手段。因为,假如它们完全得到应用,也根本不是帮助侦探胜出或又可以只引致发生的转折点,其实,情节存在于逻辑运作之中,后者被用以查明案犯,运动方面的演化承担的仅仅是审美任务,实际而显明地表现这个理论性的过程。当精神层面的情节已然发生,运动技艺施展开

---

* 此处译用原稿中的"sich erdrücken"(意为"透不过气"),在因卡·米尔德-巴赫和因格里德·贝尔克主编的《西格弗里德·克拉考尔作品集》中,此处被更改为"sich ausdrücken",意为"表达、说明、显露",参见第一卷,第180页。

来，而且它们不要求含义，纯粹受向前推进的智性之托，支持后者在物理实在中产生效果，并非自动压迫发生的进程。反之，为了先验主体毫不含糊地显现，优先的做法是，排除这些技艺，尽可能地将侦探的整套行事方法从可见的显现中撤回。主人公的身体活动一旦停止，重点就彻底被转移到终于不劳顿体力便可实现的冥想。理性的无条件性要求清除有条件的力的参与，当无条件性以审美方式体现，它挤入"那无躯体且无形态的"(das Körper- und Gestaltlose)，因为对它而言，"那被构形的"(das Gestaltete)已经是范畴立形的结果。如果它曾经接受依附性，它就必定余留在人的过渡本质所不可能摆脱的形态当中。可是，这样一来，理性就歪曲了"那超形态的"(das Übergestalthafte)——而"那超形态的"只有在与形态的关系中、在与形态无法穿透的结合中才可以被征询和被接收，同时，理性将自己置入了情节，对情节而言，"那身体的"(das Leibliche)如同一层外壳，而这外壳好似一场大祸。

这时，对身为创造世界之原则的理性来说，当它终于明白，没有什么允许在先被给予，侦探小说就要竭力让智性的过程始于"无"处。小说的典型开端是非法事实的"Es"*，一项

---

* "Es"为德语中的人称代词，可作为形式主语出现在句首。

侦探小说
Der Detektiv-Roman

具体的调查结果,这个结果从一开始就让他做好准备轻而易举地用智力解决交给他的谜团。开端总是这样一些事:谋杀、入室、失踪——往往是一个点截性的(punktuell)事件,脱离了令理性无法理解的所有人的关联。当连接进行时,由于连接的发生(Geschehen)被人格所吸收,后者的预防就是发生事件(Ereignis);在侦探小说里,发生则被与人格隔绝,以获得作为分裂内在之生存块片的发生事件。事件不是要表达一种由它释放或由它代表的存在,不是它不得不指明的"那本真的"的标志,它仅限于自身,不意指任何他物。作为事实碎片的一种聚合体,事件要求智力建立期待着澄清的联结。这些联结完全遵循事件的意图合理地展开;其关联在此受到质询的诸统一体只是对现实性事件的还原,只是令关系异化的剩余结果,这些结果在审美媒介中扮演原子而且放弃了张力中的实存性存在,这存在使得他们在空间和时间上毫无保留的交织变得不可能。可是,如果被构形的生活已经离开这些剩余,理性就可以强占残余,敲掉被物化的内容之间的桥,这些内容不可能被感应到它们的意义。——通过将被给出的初步事实限定为最少,走样的调查结果得到补充。侦探小说的特点是,理性发现了一份材料,材料的不充分看起来几乎无法为理性贯穿始终的过程提供攻击点。在被摆在理性面前的少量事实的周围,一开始就弥漫着一片无法穿透的黑暗，或者，一派诱人的前景展开了，这景象一定会把人送上歧途，而且表示骗得刑警的盲信。反正，有可能提供方向的数据从过程一开始就几近缺席，多少得到许可的强调有意混淆视听，致使人们必定相信，材料本身没有为其毫无关联的秩序提供丝毫可乘之机。这可让理性纵身一跃的基础的窄化对应着存在于任何唯心主义内在哲学之中的、始于"无"的努力。当升入无条件性天空的先验主体接手构成，客体就失去了形态，而如拉斯克已经指出，正在进入认识总体的客观部分濒临消失。因此，建立起总体的过程没有获许以理论的方式考虑"那在先被给予的"，在某种程度上，过程也的确如此。"那被给予的"的这种非被给予性在侦探小说里变成风格原则。的确，过程不但尝试减少可能为智力充当线索的事实的数量，而且，通过对事实进行分类以使它们的交织没可能显现出关联，伴随着过程对调查结果的还原，它更是乐于超越"无"，进而站到否定的一边。但是，一开始便被交付的数据，其怪异和矛盾仅仅是一种有着正当审美意义的艺术花招，意在令认识的过程摆脱材料的拘束以及表明先验初始的自我满足。

"凶手是个年轻人，比中等个头高一点的男人。那天夜里他穿得很优雅，戴一顶大礼帽，随身还有一把雨伞。

他抽带烟嘴的 TRABUKO……"

"这烟可太冲了。"吉弗赫尔（Gevrol，预审法官）冲口说道。

"可能吧，"塔巴莱回说，"不过还真是的。吉弗赫尔先生，也许，您在调查的时候不像我这么遭罪。现在就请您想想这些湿的石膏块吧；这是凶手鞋跟的复制品。清晰的脚印就在沟的附近，在沟里找到了钥匙。我现在已经把完整的足印描在这张纸上了。可惜有一个脚印做不了，因为我是在花园的沙地里发现逃跑路线的。但是可以清楚辨认足跟高、脚背高，鞋底窄而短——是一位优雅男士的鞋。这样的足迹我在外边街上找到两处，花园里有五处，这期间没人进去过。另外，这还说明，凶手没敲门，敲的是窗板叶，他看见窗户里有灯。在离花园入口不远的地方他跳过了一处畦地。这是陷得更深一点的脚尖推出来的。他轻松跨过了两米。就是说，他身手很敏捷，换句话说，他还很年轻……您大概好奇我怎么知道他有伞吧？一直到装药的胶囊那我才发现一个伞尖印。您看石膏模这里。在炉灰里我还找到了一个 TRABUKO 烟头。您倒是看看，烟嘴是不是也只咬破了一点点。或者您可能注意到了，唾沫已经把烟头弄湿了？也就是说，这烟只可能是用烟嘴抽的。"

这段文字出自加伯黎奥的《不在场证明》,展示前面提到的塔巴莱(参见第88页)正在工作,交代了关键过程本身的典型发展。这个过程反映出理性在审美领域的自发性,按照认识主体所持原则,这种自发性为被粉碎的直观材料建立起一种法律许可的关联。换言之,(任意选取的)例证首先证明,占据主导的努力是,将素材脱模为直观的"那多样的"(das Mannigfaltige der Anschauung)。如果退回到意义感觉(Sinnesempfindung)的混乱不可行,"那被给予的"在以审美方式被允许的界限内还是会被展示为无形态(Ungestalt),只有智性通过其形式力量才能将之转化为对象。可是,侦探小说夺去了素材的本己形态(Eigengestalt),因为它判以素材被动性,更使之逃脱理性的抓捕。大师塔巴莱用来进行推导的靴子、雨伞的印迹必定由他费力搜集而来,而让他的假设变得完整的烟头竟然被侦探眼力发现藏在炉灰里。素材(Stoff)逃离关联,这将它降格为单纯的材料(Material),单纯的材料自身没有秩序,准确地说,为了获得形式,它需要智性对之进行加工。客体经受了一场根本性的毁灭,先验主体以此证明自己是立法者。范畴在审美风格化中就被转移给先验主体,通过这些范畴,先验主体创造出对象。那些心理学意义上被固定的个别特征已经在别处(参见第53页)被理解为一种否定性的存在

侦探小说
Der Detektiv-Roman

论,在侦探小说中,图形如同在拼图游戏里一样是由这些个别特征构成的。这种存在论当然与从张力中掉落的"那存在着的"最后的剩余有关,这些剩余被审美组构当作不可进一步清除的客观的被给予性而接受。可是,当人们在存在论意义上可以将它们立义(auffassen)为客体性状(Objektsbeschaffenheiten),就同时也可以将它们理解为主体所固有的诸范畴的被代现者,它们使主体得以建立内在关联(Immanenz-Zusammenhange)。通过它们摆脱了疑问的固定性(Fixiertheit),这些剩余获得了作为存在论的确定和范畴性确定的双重含义,双重含义允许条件的链条在它们那里中断并使它们这一方成为经验的条件。它们在其中表现得如同先天综合判断(die synthetische Urteile a priori),后者同样可以在双重意义上被阐释:一则作为被经验到的现实最外在的一般化,二则作为先验主体构建经验之认识的总和(Inbegriff)。所有那些被康德称为"先天综合判断"的确定(Bestimmungen),无论是直观的还是知性的(des Verstandes),都同时是存在论意义的剩余物;这并不是说,它们现在是客体的纯粹性状,却又不专一附着于主体,而是说,作为在张力中被经验到的"那存在着的"的确定,并因此作为服从制约性又听命于本身的确定,它们拥有有效性(Geltung),由于它们被发现于这样一种关系,这种关系将"自我"不可分割地订入"那存在着的",因此实在不能就此说,它们属于主体还是客体,以及在多大程度上属于主体和客体。它们的普遍性级数自然将它们划归为一个看似跳脱出个别性(Einzelheit)的普遍主体,还为它们烙上无条件有效之认识的特性。最终且逐渐地将它们与涉及人格的明察(Einsichten)区别开来的这一特性此时被上升为一项原则特性,其方法是,用可以任意发展的、建基于主体的、不证自明的观念构成物(Idealgebilde)作为掩护。这一做法扯断了自我和世界之间的脐带,而且,就如同将在关系中被给予的对象虚化为"那多样的",这种做法把被还原为逻辑基准点的主体理解成了对象的创造者。但是,尽管"自我"得到授权,世界仍有能力拿走"自我"拥有的力量并在所有领域对这些力量进行塑造(从大处看,笛卡尔以来的哲学在充分强调"自我"的分量方面贡献极大),因此,一旦理性自以为能够制造现象,通过消灭对象的理性来使用世界范畴定然行不通。从承认"那被创造的"被给定是为了在与对象的关系中经验到对象这一事实,到将范畴转让给自设为无条件的主体,这只是一小步;不过,正是这一步走出了自我和世界的共处。至于"自我"是否用它所分得的立形可能性去塑造与它一道被构形者,亦即"自我"是否明白它正是作为"制造者"被制造出来且因而没有忘记要禁绝将它绝对化为"那绝对的",

侦探小说
Der Detektiv-Roman

或者"自我"是否将前一种可能性拉为己有并否认对象出自与它自身发端来的同一源头,那就是另一步了。一方面,为认识理论设定的界限遇阻,客体和主体为认识所做的贡献仍未见分晓,因为对这些贡献的严格分配让主体超脱于自身。另一方面,同一性设定得到贯彻:范畴显现为先验主体的能力(Vermögen),而一项确定借此达成,这项确定恰好完成了对于在与"那无条件的"关系中不可能被认识之物的认识。不过,拔高理性引起的后果是,先验主体将那些不只适用于"自我"的存在论固定据为己有,而且,理性换到了一个无条件性的位置,这令它从存在确定变形为存在制作(Seinserzeugung)的原则——在理性的排水口中,这理性没有和世界一道隶属于对它施加约制者,而是坚持用它所沉入的"无"来创作世界。当塔巴莱从高鞋跟和高脚背的印迹当即推断出窄而短的鞋底,又牵扯出一位优雅先生的鞋,当他从身份有待确定者的轻松跳跃毫不客气地断定后者很年轻,他对个别事实分门别类的不由分说表明,被他起用的事实已经完全向主体一面漂移并被视为在"那多样的"之中建立联结的先天综合判断。他不是从预制的"那被给予的"读出这些事实,而是以这些事实为前提;在他看来,世界不是一个已经划分完毕的整体,而是要通过对事实的原子混合物按照范畴确定进行排列才得以构成的整体，排列由主体支配。在前者，当连接发生，精神与精神、灵魂与灵魂、"那被构形的"与"那被构形的"进行搏斗，而在后者，"那未被构形的"的立形至关重要，立形没有能力获得形态。

凭借对范畴的占有状态，通过侦探被人格化的理性在"那多样的"各部分之间取得联结；内在关联的统一通过理念得到阐明。"那审美的"必须先行得到向着无限前进的结果并允许合乎法则的关联完整地建立，因为它不得不体现总体。但是，由于"那审美的"同时也要让人明白"那现实的"在低等区域遭受的扭曲，要确保风格的作者通常让他的侦探角色加入原则上不可能与世隔绝的冒险家的行列，以演示过程的无尽。规制理念（die regulativen Ideen），是"关于知性活动方向的指导概念"，并且，如康德所表述的，规制理念充当"在条件的序列中上升至'那无条件的'"，*在侦探小说中，规制理念扮演启发性原则，侦探的调查方法以之为基础。如果理性完全被一道扣留在任何现实性之中，它对总体的思考和

---

* 见康德《纯粹理性批判》（*Kritik der reinen Vernunft*）第二部分，第二编"先验逻辑"（Die transzendentale Dialektik），第一卷，第三节"先验理念的体系"（System der transzendentalen Ideen），第七段。

它关于上帝、自由和不朽的理念大概没有两样，在这些理念中，构建那种现实的存在确定再度发现自己被遮盖；可是，当理性在侦探小说里自揭其面，它彻底醒来，对它而言，总体还只是不具意义的内在关联本身，而理念浮沉于对这关联的预见，它并未将合理的活动逐入某个意义的维度。福尔摩斯对着手调查几乎不以为意，所以他沉迷于一种创造性的孵化，理念从中升腾，在多样性中促成统一体，在好心的华生还挂心关联之前，大师已对总体了然，守口如瓶地根据理念将各个部分串联在一起。

理念指点了过程从虚无的起点便已选定的方向；伪装是一再重复的理念执行手段。侦探戴上面具，变成另一人，为他的理论提供证明，充分阐述关联。发生连接的那个领域既不认为伪装是可能的，也不将之理解为手段。不认为是可能的，是因为，所有人处于和"那在上的"的关系中，对此关系，他只能够传递，而且，这种关系的排他性不容许这种关系与任何其他的实存发生认同；如果凭借内在性存活，单个人就不会困惑，因为，除了他，没有人能倾尽全力。不理解为手段，是因为，不存在供它服务的目的。悔过取决于自省，除了向悔过者开示通往其现实性存在的路，一个中间人还有别的介入方法吗？这种变形知识可以穿透"自身"，拉伸它，拿走它；可是，由于存在之物的不可穿透性，一个存在之物不可能变形为另一个存在之物。替换人格就是将人格从为它确定地点的关系中拉扯出来，并且将人格对象化为去现实化时间的幽灵。然而，只要向往实存，"自身"就不是可以被任意移植和模仿的形象，而是一种只允许在张力中被认识的实体（Entität），即使发生变化，实体仍然存在。当将实体超越指向时间之外并由此向实存授以时间性显现（zeitliche Erscheinung）的内在性消逝，实存会从它占据的地方独自动身；它的确同样通过此内在性自我维持，内在性令时间性的发生独一无二且不可重复，它还暴露踏出时间进入另一个"自身"是一个假象——是去"那被去自身的"（das Entselbstete）之骗局，后者已经失去"那超时间的"，正如它们已经失去了时间。不过，当持续存在的"那存在着的"对于将它带离其位置的伪装嗤之以鼻，它便就地要求出口，要求沉没，这沉没令它抽离了根据。在连接之中，人格显现于自身性（Selbstheit），它即刻有了地位，"那在内的"被开启，现象独特不混淆，处处相同。本质交换（Wesenstausch）没有能力影响连接，更准确地说，连接导致本质交换不可能，交换终归否定被连接自其壳中解放出来的本质。为了明晰"那被遮蔽的"，"那明晰的"（das Klare）将自己好好包裹。按照克尔凯郭尔的理解，基督放低身份是为了因其自身而被爱，哈伦·拉

侦探小说
Der Detektiv-Roman

希德*不为人知地在巴格达街道穿行,为的是探索他若公开身份便永远不会听闻的事情。"那高处的"(das Hohe)如此隐匿身份意指超越的被遮盖及其非对象性(Ungegenständlichkeit),由于非对象性,超越只在连接中才是可经验的。自然,如有光照,"那神性的"自身便看似被突破,而根据本质对待它的态度,它们分得它们的确定。然而,隐匿身份不是丢弃本己本质的伪装,而是剥夺他者的外衣。"那彼岸的"(das Jenseitige)或是其审美展示并不熟悉显现中的这些他者,他们必定与它对峙,却并不注意它。此即,隐匿身份的意义正是内在性的显出(Offenbarwerden),是敦促"那存在着的"存在于现实之中——与之相连的并非认识目的,而是拯救意义。接纳现实的案例表示,在现实的领域,"那存在着的"从未与灵魂混淆。随意变造人形的能力一般被归于上帝或是撒旦,那么,变形或者事出魔鬼意图,或者如处女显身为岑德尔瓦尔德骑士**那样招来"善",往往都被解释为不可能以自然方式发生的神迹。唯有在神话与

---

* 哈伦·拉希德(Harun al Raschid),公元八世纪时期阿拉伯阿拔斯王朝第五任哈里发,在《一千零一夜》的故事中,他成了童话式的人物。

** 岑德尔瓦尔德骑士(Ritter Zendelwald),是瑞士作家戈特弗里德·凯勒(Gottfried Keller, 1819—1890)的作品《处女骑士》(Die Jungfrau als Ritter)中的人物,他由处女玛利亚(Jungfrau Maria)变身而来。——2006年编注版。

童话里，在实在（Realität）不意味着边界之处，形态的变换才保留了深奥动机，并且，完全可以理解，民众的幻想历来对"分身"现象的经验是阴森的。"那实存着的"范围排斥本质的混乱，因为这一范围由"那存在着的"之具本质性（Wesenhaftigkeit）构建。理性自我解放，于是在关系中完善的本质被略过，失去张力的形象由固定的个别特征组成。他们没有对其"内在"进行多义显现的"外在"，他们即是"外在"，其"内在"在其中清楚地消失。由僵化的元素构成的组合物生发出无可非议的安全性，这些组合物可以没有保留地被复制，就连在所有人那里拥有意义的地点确定性（Ortsbestimmtheit）在它们这里也丧失了意义。在理性的统治下，对内在关联的追问取代了连接。因此，和服务于悔过之"自身"的开放相对应的必定是侦探的伪装，伪装关乎合理过程的执行。伪装无助于阐明本质，它推动的其实是对联结的认识，这些联结存在于被追寻的总体的各个部分环节之间；在任何一个逃避变装的存在者那里，伪装都没有遭遇抵抗，它看上去只是构型的外观，作为原子裂变式的事件，这些构型已不复存在。扮演将死之人的夏洛克·福尔摩斯喉咙里发出的呼噜声如此逼真，就连最受信任的华生都担心他死去，甚至亚森·罗平，这位大英帝国优雅的精神手足，也借着新时代的化装术得以复活任何女性形象，无论老幼。如此魔

侦探小说
Der Detektiv-Roman

法技艺在侦探小说祛魅的世界里不再是神迹，它允许侦探在实在里检验他所承载的总体的理念。就此而言，他不是随便套上面具去捡拾偶然落在他道路上的碎屑，变形是出于找到那些缺失环节的意图，他的理论需要这些环节确认，通过伪装，他成为一个试验者，控制着一项被任意设定的试验。和伪装一样，试验属于同一个领域，它同样将客体和主体的互相踩踏设定为这个领域的前提，而且，试验成功的唯一条件是，自治理性接管无形态的"那多样的"的范畴立形。为了表明侦探面对素材时的无条件性，在侦探贯穿始终的过程实施的同时，审美构成物委托他主持试验，这些试验解除调查结果对其调查活动的束缚，赋予理念一层构造合法关联的含义。可是，当侦探用以支配"那被给予的"之自由受制于某种限制，他恐怕就无法发动任何说明其理论正确性的尝试。伪装能力是一种审美表达，表示侦探在任何地方都不再冲撞"那存在着的"的极限。在极限处，自我和世界的共处已经变为先验主体对"那多样的"纯粹的统治，并因此方能确保试验之可能，制约这种可能性的是"那被给予的"的元素进入了由主体表明的关联。通过变身为任意形象，侦探清楚地确认，在自我构形且无法重复的本质实存着的领域中，他不做停留，他统帅的是一个环境世界（Umwelt），这个世界的图形是可以随时再生产的对象。当然，试验完全且从来没有要求面具掩护他；然而，对其变身丝毫不抗拒是令试验充分展开的唯一原因。唯其如此，当作为见证人的他在自身不被发现的情况下观察由他安排的事件经过，有可能对客体的刻意表演进行干扰的各种影响才会被清除殆尽。

偶然（Zufall）必须前来向试验施援，过程由此完整。偶然在侦探小说里不是对调查方法的方式具有决定性并且面对总体关联全无含义的心理学概念，它是对某种针对现实之确定的歪曲。所以，偶然被设置常常是为了让试验变得可能、更轻易以及得到补充，而且，偶然对侦探源于理念的行为也不做反应，于是，它当然取代了"意义"，"发生"不要求意义。偶然，从审美角度分析，就是事件，是事件及其相关所遗留的线索；当它们本该消除偶然，偶然还是被刻意编排了进来，以进入合理的、可予理解的关联，这全然排除了对它们所特有的"具意义性"（Sinnhaftigkeit）的考虑。根据意图，过程绝无缺漏地环环相接，然而，各个环节依照方法进行的组合一旦依赖行事便宜的偶然——同是发明家遇上的偶然，偶然便处处可见，在这些领域，人们自然不再期待意义。换句话说，引入偶然并非偶然，更准确地说，在被理性奴役的领地，偶然填补着一个它充实不了的漏洞。在由侦探搜寻的总体中，如果涉及的是一个被编入可测量时间的整体，这个整体所具备的关联是

侦探小说
Der Detektiv-Roman

自然科学式的、不在意义维度进行延展的，本就谈不上偶然。因为，只要"那多样的"从属于因果法则，它就会被接纳，所以，"那多样的"从一开始便被排除，是因为对"发生"的立形仅止于原因的分配。现在，侦探小说进行合理连接的调查结果根本不是能够在可测量时间的事实中猜出的事件，而是有所意指并因此拒绝进行纯粹因果排列的情节和内容。角色和他们的活动构成某种意义关联，这种关联不可能容忍人们以空无意义的因果链条对它进行重构，他们是个体的含义统一体（individuelle Bedeutungseinheiten），其结果不能够派生自空无含义的普遍事实。然而，如果审美构成物试图将它们作为过程的环节来展示，在此过程中他们的含义依然不受质询，审美构成物就会极力通过插入那些否定存在论的固定来达到目的，这些固定作为先天综合判断失去了含义。与此同时，当意指总是脱离被给予性，它在过程之合理性中的覆灭便是假象。由于角色是对关涉着意义的所有人的扭曲，这一突入现实的意义本身必定会在低等区域找到它的对应。在阻止所有人决定现实之经过的张力之中，所有人经验到具有意义的现实——它所独有的现实并且也是世界的现实。总体性对所有人来说并非对象，他瞄准的实为总体性的条件，而实存的悖论同样在于，由于人的抉择仍具疑问，每个答案都需索另一个答案，而不是以二律背反的陈述生成针对彼问题的答案。现实的发生因此无从以概念把握，概念的封闭性忽略了"发生"实存性地植根于意义相关性当中。如果认可具有意义之发生的经过随自由而出现，这个经过就消除了制约性并超越了张力；如果将其根据置入必然性，这个经过则反过来脱离张力而同样成了无条件的方式。一则回复以刻板地表达设定了纯粹的精神，另一则回复确定了纯粹的质料，前者并不纯粹，后者也不止是质料；两者总算各就其位。后者扬弃制约性，前者或者放弃含义，此时处理的当然有可能是边界案件，其经过可自由地确立目标，其发生依从因果法则，人的介质存在所归属的本真现实不接受任何根据某一方面围绕其在张力中的存在对之进行削减的确定。作为符合本质的、一度具有意义的发生事件之关联，如果对待现实不可能从具有因果必然性的、可测量时间被抽空意义之元素的联结来理解，现实就摆脱了阐释，这阐释会令现实的从属性在它的含义中消失。现实展开的根据对自主意识而言并非显见，因为和在涉及"那最终的"关系之中不同，所有人没有发现只在张力中构建的现实。可是，如果现实不是一种纯粹含义的关联，也不是一种具有因果必然性的关联，如果现实经过的根据（Grund）与可以透露被定向者之问题的"那无条件的"是一致的，那么，根据必担负天意之名，此天意之名

侦探小说
Der Detektiv-Roman

或意为领众,或指在诸渗透层级上的命运的安排。"那无条件的"制约着发生的路径,无论如何,它的变形已经用两个词拒绝留在一个被对象化的原则里;两个词将规制现实关联的权力把握为——且在此仅取决于——在同一性设定中不可分解的、仅在关系中可经验到的统治(Walten)。造物自知受天选之人的荫护,谓之天意;在黑暗中期待之人听命于秘义,谓为命运。不过,如何呈现都不紧要,它是康德意义上的不可究诘者(Unerforschliches),人须得在实存之中与之相对,才可看到本位上的它。因此,现实的根据如果得到理解,它就被捉拿在现实中,并且,只要统治权不归人掌管,空的偶然就不可能占据上风。一旦基于自主诉求的思考给偶然以空间,那在张力中被容忍的对发生的引导仍然被当作理念保存,思考同样可以将内在关联放逐到意义的维度中去。面对关于现实之根据的追问,康德的答复是显现世界(Erscheinungswelt)的因果必然性和理知世界(intelligible Welt)的自由,他的答复将每一个实存性答案都收在了实存的问题中,这个答复,尽管肯认根据既是总体的根据也是具有意义的(即自由所造成的)发生的根据,却不同意将它作为一项冲击"那所有人的"并总在张力中得以充实的确定,而是在一项普遍原则中再次寻获它,这一原则纯粹攻击主体而且不可能拥抱现实,因为它拥抱了理性。康德解题的深刻在于，它小心地将先天从存在论经验中取走，让实践理性与纯粹理性结伴，让自由和必然一道，并试图描摹现实之根据的实存性被给予性方式。然而，忠实地将根据摆渡到自由和必然中同时是他的曲解，因为，虽然由于针对它的被定向，出现在张力中的发生根据是自由和必然的一种交融，但是这一根据能够被拆分为一对二律背反的概念必须满足以下条件，即：令根据可见的张力被消除。这一拆分是由自治理性先行完成的一种同一性设定，通过它，那恰好无法由人确定者被从超越拖入内在，并在这里接受明确的归类。由于现实此时唯有通过人对"那无条件的"的态度进行构造，对根据的阐发若排除了实存，就不可能表明现实的特点。照此说来，如果意在现实，这些阐发就必须为偶然保留位置。只有在与偶然的关系中，超越的根据才可以开放，在康德那里，超越的根据不仅仅被平准为"那理知的"自由和"那现象的"必然，自由以及必然也被纯粹视为对主体的确定。因为原则让现实溜走，偷摸进来的偶然这时就落在了客体一边。因果关联涉及的即是康德所说的事实（Tatsache），是一般某物（überhaupt etwas）被给予，是一个偶然；巧的是，只要他律的和质料的原则（heteronome und materiale Prinzipien）极力给予事实以法则，在康德那里，偶然就也是含义总体（Bedeutungstotalität）。"因为，"《实践理性批判》*写道:"每个人当将他的幸福置于何处,取决于每个人自己独特的快乐与不快乐的感受(Gefühl),而且甚至在同一主体之中,也取决于跟随这种感受的变化而各不相同的需要。于是,一个主观的必然的法则(作为自然法则)在客观上就是一个极为偶然的实践原则,此原则可能并且必定在不同主体中极不相同,因而绝不可能充当一条法则……"接下来的几句话也是富于教益的陈述:"但是,假设,对于应当将什么认定为他们高兴和痛苦感受的客体的考虑,对于为达到愉快、阻断痛苦而必须利用的手段,有限的理性的存在者有着完全相同的考虑,他们仍然不能用自爱原则冒充实践法则,因为这种一致本身毕竟只是偶然的。"康德允许偶然存在,这个偶然受到总体性原则之自治设定的制约,于是,当黑格尔让他所意图的现实受制于终有完结的辩证过程的强制,他便让偶然看似消失。现实性的发生具有意义的关联在偶然事件中以严格的必然性展开,地点(Ort)已经指点每个发生事件经历了基于必然之照准点(Zielpunkt)进行认识的质料的—逻辑性的演化。只有当黑格尔的合理性(Vernünftigkeit)切中现实,当他为源于"那

---

* 《实践理性批判》(Kritik der praktischen Vernunft)第一卷,第一章,第三节,定理二,注释二。——作者正文括注。

事实的"、关于一切"现实者"之合理性的定理（Satz）和"那逻辑的"设定了重合，基于此重合的强制才有其正当性。但是，由于他避开或者说漠视被康德当作含义总体之关联创建原则（zusammenhangstiftendes Prinzip der Bedeutungstotalität）的、向自由呼吁的"应然"（Sollen），并且唯独将必然性置为根据，而此必然性是对辩证运动和被认为现实性的发生进行同一性设定的结果并诈取了它们的影响，于是，当他不具正当性时，从他手中滑落的正是现实，这个现实的经验根源于对其根据的实存性态度。为了替现实消除偶然，他跳过现实在其中形成的制约性，从现实之必然用以定向的结局来对必然性进行设计。是以，他现实地只命名与理念保持一致的"那存在着的"，在他看来，错误（Irrtum）的现实，恶的现实，"以及属于这一面"的现实，就是偶然。"……'那偶然的'（das Zufällige）是实存，此实存并不比某个'可能的'更具价值，此实存之存有（seyn）不可能如其存在。"* 不过，正如克尔凯郭尔在他一直不为经院哲学家重视的黑格尔笔战中确凿论证的，他不是借此排斥偶然，而是错过了现实。"一个此在的体系，"克尔凯郭尔在

---

* 《哲学科学全书纲要》（*Encyclopädie der philosophischen Wissenschaften im Grundrisse*），第一部分：逻辑学，导论，第六节。——作者正文括注。

侦探小说
Der Detektiv-Roman

《哲学片段》*中注意到,"不可能被给予。那么就不存在这样的体系吗?绝非如此……此在自身是一个为上帝的体系,但它不可能为一个实存着的精神而存在。体系和封闭性彼此对应,但此在恰恰是'那对立的'……此在是'那制造空间的'(das Spatiierende),是保持距离的,'那体系的'是进行联合的封闭。"对于克尔凯郭尔的内在性,康德式的把握要比黑格尔体系准确得多,因为理性的诉求,他必须将内在性与根据的关系设想为对根据的暴露,但以绝妙的简洁将对待根据态度的不可解转换为对之进行概念展示的二律背反。如果在他看来"那被给予的"之偶然性尽管是现实性的,却恰恰是不可能的,那么,他将偶然纳入后一个现实的做法的确比黑格尔把偶然逐出"那可能的"范围更为公允。自然,当理性迷失在无意义(Sinnlosigkeit)之中,必然性独独依靠不意指含义的内在关联而存活,而且由于康德的理知自由没有突入以因果方式连接起来的显现世界,含义总体也没有通过辩证过程得以确定,本真现实便放弃了纯粹的偶然,也就是说,它根本不会再进入由理性构建的关联。通过夺除关键情节的意义并按照其意图将偶然强加于具有意义的

---

* 《哲学片段》(*Philosophischen Brocken*),见克尔凯郭尔《全集》第六卷,耶拿:欧尔根·迪德里希茨出版社,1910年,第203页。——作者正文括注。

发生,侦探小说在起始处便清楚解释了完整的发展。

在侦探小说里,合理过程所表现的目的自身的特性得到相当清晰的确证。理论家卡尔·莱尔布斯(《黑暗中的一握》,见第78页)曾宣告:"对自信于自己能力的大侦探来说,世界可能只是变成了冒险家的源头,缉凶成为目的本身和神经紧绷的运动。"夏洛克·福尔摩斯则说得干脆:"我玩游戏就是为了游戏。"*与在现实中让人们和"那在上的"发生关系的连接工作相对应的,是掉落的理性在低等地区的工作,它的连接不知有何意义。以审美构成物的诸超越为例,如果侦探意指的不是可在张力中被经验到的、只在并不相称的诸范畴媒介中逃避非间接相遇的神秘本身,那么,他所阻隔的"那更高的"其实就是他。因此,他不是"那被连接的"(das Verknüpfte)和"那伦理的",他是单纯的冷漠(Indifferenz),而他作为意指者(Meinender)代现的"谁"(Wer)和"什么"(Was)在没有实质的方法"如何"(Wie)中覆灭。无论奥古斯特·杜宾还是夏洛克·福尔摩斯,在他们着手处理各自的案件之前,都要先进行轻松的思维练习,这是有充分根据的。"可为什么是

---

* 《将死的夏洛克·福尔摩斯》(*Der sterbende Sherlock Holmes*),第170页。——作者正文括注。

侦探小说
Der Detektiv-Roman

土耳其式的?"福尔摩斯问刚进门的华生。华生没明白,他以为问题和他的鞋有关;这是在牛津街的拉丁人那里买的,他回答说,所以是英国式的,而福尔摩斯——福尔摩斯笑得好像在说"受不了"。他笑累了,然后为慢脑子的附和者展开长长的思考链,不可阻挡地推进到结论,华生这天早上乘坐了一辆马车,之后他去洗了个土耳其浴。和往常一样,华生这时才发现,一切极具说服力,此时,真正的故事上演了。这类序曲具有代表性,而且使厘清案情的实事含义失了效力。它们以审美的方式证明,任用侦探不是为了揭露罪犯,而是罪犯的出现让他为"那多样的"创建关联。被他人格化的理性挣脱了存在根据(Seinsgrund)并因此能够不以存在为目的;它打消寻求任何含义的企图,仅止于为某物创造某种关联的方法,此"某物"并不存在于什么都不处理的方法方式本身中。影片《业余侦探》(*Der Amateurdetektiv*)是方法优先的例证,该片在战后以施图尔特·韦伯斯(Stuart Webbs)系列在德国上映。韦伯斯(由恩斯特·赖歇尔 [Ernst Reicher] 饰演)自己提出这样一个命题,即:所谓天才侦探,也是狡猾的罪犯,他能轻松摆脱所有追踪者,还和表示不同意见的俱乐部同伴打赌,在极短的规定时间内,他本人要在他们眼皮底下躲上二十四小时,而一帮歹徒正在追赶他。他走了,不见了,以他的独特魅力获胜了。这个"案例"不仅显而易见地赞美"如何"胜过"什么",它还证实,在侦探小说内部,幽默被分派了一个任务,这个任务就是:以审美方式表明有待理性执行之过程的自负和此过程不依赖于任何意义。在侦探小说发展为固定类型的进程中,过程被许以越来越重要的角色。它剥除罪犯的实在性,打破令人害怕的局面,赋予"发生"一种为理性之故编排的游戏色彩。过程在此承担的功能是,由它作为实存确定的含义去进行推断。而实存性的反讽是这样一种形式,在其中,受到制约的意识传导给了"那有条件的—存在着的"(das Bedingt-Seiende),实存性的幽默是这样一种形式,在其中,尽管意识到其制约性,"那有条件的—存在着的"仍然得到了强化。如果幽默的基础在于理解"那有条件的"和"那无条件的"之界限,在于"那有限的"和"那无限的"之间的冲突,那么,为"那无条件的"赋予何种意义在审美上就不是最无关紧要的了。对于这种构造现实的冲突,幽默既不是将其作为悲剧来经验——尽管它或许包含着对其悲剧的认识,也没有从中提取确然性(Gewißheit)以为拯救做好准备,准确地说:幽默自认识冲突掉头转向不完整也不相适的"那有限的—存在着的"(das Endlich-Seiende),首肯其一切局限性,因为事实的确如此,而且事出"那无条件的"。反讽暴露并消灭了"那存在着的"举手投足看似无条件

侦探小说
Der Detektiv-Roman

的安全性,幽默则给予"那存在着的"以在其制约性里本归于它的安全性;前者明白面对着一向无人得见的"那无条件的",后者转向"那有限的",因为它知道在"那有限的"背后是无限性。反讽和幽默都意识到限定着"那存在着的"的界线;两者态度却不相同:当反讽透露分隔着"此处"与"彼处"的深渊看不见的可笑之处时,它看到了微笑,相反,幽默见识了大笑,因为对它而言,可笑是对界限此岸"那存在着的"的确证。无疑,克尔凯郭尔的判断不同,他分给反讽的等级比幽默更低微。依他之见,反讽不得不向"那审美的"的直接性(Unmittelbarkeit)传授伦理意识,幽默则是宗教领域前最后的内在确定(Immanenz-Bestimmung),并且更统摄了"那伦理的"。这样的分级由他的现象学和信仰背理性(Absurdität)的决定性范畴之间的联系所导致——那一范畴没有设定向"那无条件的"跳跃(Sprung),而是将对"那无条件的"在时间中唯一显现的信仰设定为"那最终的"。可是,当信仰的一跃得到冒险一试,由于反讽必定退缩,对界限的意识便仍然被这一跃抹去。如果克尔凯郭尔意义上的反讽充当伦理性的确定,令"那审美的"执着于其直接性,而没有借此指出信仰是悖论性的,它就没有像幽默那样达致宗教领域,在克尔凯郭尔眼中,只要幽默以戏谑的形式取消实存之苦,幽默就认输了。同时，如果仅以尚无法包容基督教信仰悖论的张力概念对现实进行粗略勾画，那么取代克尔凯郭尔质料区分的就是那种形式性的界限确定，它将反讽和幽默纯粹标为实存性的行为方式，此外还放弃在实存领域内部固定它们的位置，这种固定只在与"那无条件的"的正定关系中方才可能。前文已经说明，反讽在侦探小说里不再可能是实存姿态，这实存姿态源于反讽性转运最后的不安全；反讽没有动摇"那有条件的"对无条件性的诉求，而是被侦探变成对警察的愚弄。当理性背离意义，连幽默也必定会颠倒其意。由于反讽极力通过自己的解放去摧毁"那存在着的"，于后者，具有实存性含义的出场就行不通了，这种实存性含义恰恰以肯定受到制约的"那存在着的"为己任，尽管其制约性源于对作为其根据的无条件性的认识。"那无条件的"在侦探小说里就是理性自身，而在与"那在上的"这紧张关系的现实里，幽默壮大起来，"那存在着的"便来自"那在上的"，于是，幽默在此为作用于一切存在之物的原则效力。在下方，对于理性赖以制作对象的"那被给予的"，幽默否定其实在性，而没有强调现实是被生产出来的，这个现实，尽管有其制约性，实为一种存在之物。——通过对"那物性的"（das Dinghafte）含义分量的这一审美扬弃，更着重的突出被导向合理过程，这个过程如今不受"那被给予的"意义内涵的牵

侦探小说
Der Detektiv-Roman

绊,看起来纯粹基于自身而展开。——在侦探小说的代表作里,幽默的消解总叫人失望,这最终证实,它没有委身于某个从来天生陌生的目的。令某个夏洛克·福尔摩斯行动起来的神秘最后却原来是一个什么也没说的事实。就连道德陈词也极少见,或以附带方式完成。如果对理解关联必要的一切启发都已给出,那么,由罪行而引起的一系列和罪犯相关的后续就会被潦草打发;他的内在命运出局了,这既公正也公平。但是,人们恐怕多半不曾充分回味,正义的威力是不是已经将他降伏。这个受困于无关紧要的终局是由理性引起的对存在的歪曲——这存在正是连接(Verknüpfung)的目标。存在的一招先手是:在张力中不再渴望其他,并且,只有当内在性终于纯粹且具名地显现,渴望才告终了。关系的意义便是与"那在上的"的紧密关系,令本质的浮现、新人的闯入、落在其过去外壳之块片周围的块片皆赖神秘而存活,只要许之以人。独具含义的不是"变易"(Werden)本身,而是形成了的存在,而路径不是在连接性中自揭面纱的某个灵魂的道路——作为无人通行的路,它通向"无处"。净化意指涤罪,令悔过之人皈依;改头换面的本质要确保充实而非转化的过程;受到质询的是行为(Akt)的承担者,而非空的行为。是以,连接并非目的本身,它消灭存在,后者由连接滋生并成为行动的中心。由于理性必须破除

"那存在着的"的抵抗以求自保于无条件性，此无条件性自然也因为"那被给予的"变形而有灭顶之虞。于是，理性也剥夺了由它引导的过程对任何实质的黏附。假设侦探小说保持它的初始立场，侦探小说抽走有能力为过程灌注某种意义的终局，那么在其中，对过程空转的审美揭示便达到了顶峰。被夺去了隐蔽性的诸事实，其平庸明确地证实了过程的意义仅限于建立起无意义的内在关联，当理性自我抬举为某物的根据，在连接中显现的本质屈服于寸草不生的"虚无"。关于合理情节之于含义的超然，"无"的证明比该情节在事实中同样悄无声息的覆灭更为准确，事实仅仅是关联的环节，不是充满内涵的存在，"无"的证明也比对道德效果以及一切后果的忽视更为准确，或许要在意义的维度，案件才会有如此效果和后果。过程最终不了了之，当然，要求本就如此；除非充实向它招手，它不可能作为过程而充实，而且，如果给予过程一个目标，它将发现目标不在它的进程之中，他的进程向来不知有目标。

侦探小说的关键情节所回应的感觉是不折不扣的紧张感。张力在游戏玩家和对手之间制造争斗，张力之于非确然性，正如神秘会得澄清。一本堪称典范的侦探小说本就要求人们屏住呼吸贪婪地阅读，直至一团乱麻的线索平整舒展方才松出一口气。这种紧张的无内容要追溯到被张力拉伸的人的灵魂形态。

侦探小说
Der Detektiv-Roman

他,向"那在上的"看齐,全心全意生活在关系中,并且,遵照各自与神秘的关系,可以穿越绝望、狂热、喜悦等所有层级,这个灵魂构型的意义被自上而下地确定;它的入场不从属于内在的法则,而是受到所有人处境的束缚,就此处境而言,它出自连接性的方式。说到底,关键在于,构成关系发生事件相关项(das Korrelat des Beziehungsereignisses)的不是灵魂紧张的感觉,而是全然被张力拉伸的灵魂。由于人的制约性,含义浓缩为存在论固定,"灵魂能力"(Seelenvermögen)也相应地固定,特定的灵魂境况(Zuständlichkeit)被单义地归入特定的意义内涵。在某种程度上,当理性解放了自己,灵魂便脱离意指,它或者自认为能够创建那种意指的变形画,或者喷射到纯粹内在关系的坏的无限性中去。在康德那里,灵魂还可以向被表述为范畴律令的"那在上的"表示尊敬的感受,"那在上的"在此作为唯一被抽离他律制约性的灵魂形态幸存——合理性原则不断递增的意义异化(Sinnentfremdung)也从异化的部分构成收回了指向力,将它们交予迷失的游戏。侦探小说为连接设定了理性的过程,因此,只有按照虚构故事的紧张级数为其分配审美性能,小说的推进才理所当然。向上紧绷的被充实的灵魂在小说里变成在单向度张力中自我充实的灵魂的空形式。"那所有人的"紧张阐明了关系中的"那现实性的—存在着的"(das Wirklich-Seiende),它让位于"那不紧张的"的紧张(Gespanntheit des Ungespannten),这种紧张只适用于合理运动的经过;如果说前者借助持续在内在之上悖论性地延展而得以确定,那么,否认悖论的后者纯粹旨在制造内在关联。连接要求完好无缺的灵魂,沉迷于无的理性还在要求的可能不是紧张的灵魂,而仅仅是没有灵魂的张力、它被剥夺了内容的形式、它那缺少"那被指向的"(das Gerichtete)实质的指向(Richtung)。被归为合理行动的这种张力不是源于实存性张力的具有意义的感觉,而是发生在被去灵魂的角色身上的事件内在的—时间性经过的反映,更准确地说:它是相当于制造过程的灵魂的形式,在此形式中,灵魂的内涵消失。

为小说里侦探的办案过程分派的地位将办案过程变为对以理性自治为基础的哲学体系的审美譬喻,如是这个体系自身显现,警察则以审美方式展示体系,有如体系自现实显现。由于侦探在被理性烙印的世界里将理性人格化,这个世界的诸元素毫无保留地听命于他,以至于他在对这些元素进行串联时没有遇到丝毫抵制。他工作着的这个世界是他的世界,这个世界在他看来是有效的,是与他一道被给予的范畴顺从的材料。被专属的名字排空的世界遭遇无关涉的理性,理性是彻底地自我达成,它可以轻松地令首尾缠绕,因为在它看来,首尾之间空无

侦探小说
Der Detektiv-Roman

一物。每一桩案件的解决事实上都是对理想体系的审美呈现，这个体系如此封闭，以致"向着无限的前进"就在其中进行；只是，因为理性所陷入的无含义性，譬喻自然无法满足所有那些指向意义维度的哲学体系的急需，而是只能作为理想体系的类比去设计缺乏意义的内在关联。侦探的行动反照出纯粹在展开的体系，当体系无须进行任何加工就能收获一切，它已经失去了一切。与这个设计荒唐透顶的体系不同，警察所体现的体系在与之不相称的世界里展开——尽管不是现实性的世界，却是被理性排空的世界，后一个世界是前一个世界的负片，也因此警察的体系被限定得完全如同发生自现实。警事机构和体系的类似（参见第93页以下）证实，因为侦探而发生的对机构性工具的贬低将体系逼入相同的处境，这一处境本被归于现实对面的明晰体系。在关系中接收到的针对合法性的指示，其僵化与那指示在某个普遍原则中的瓦解是相当的，普遍原则惯常的起头是把消灭实存的悖论当作前提，而警察的专断行动从法律规定出发，径直迈入空，这些行动对现实的态度和体系的构造物完全一样，这些构造物意指的就是"那现实的"。就审美地展示体系的这种不相适（Ungemessenheit）而言，不相适是因为与现实的比较而产生还是发生于现实的对映形象，都无关紧要。刑警在侦探小说里没有能力厘清"那被给予的"，后者是一种与理性相适的"多样物"(Mannigfaltiges),而官方任用的敏锐之所以失灵,是因为它和侦探的敏锐不一样,它不是无条件的。即使本身代表着"那合法的"的警察比小说里的侦探更为具体,只要后者(以其初始立场)表达了理性的"自在"(Beisichsein),那么理性和非现实的关系与体系和现实的关系就保持了一致。两者——警察和体系——接下来极力对世界进行评估,却都失手了;只不过,一边是现实性的世界消失了,因为世界的总体性受到质询,另一边则是总体性摆脱了非现实性的世界。"那完成的"(das Vollendete)镜像式的差异——在后者为现实,在前者为侦探的范围——无法改变这样一件事,即,它们在某种意义上被"那未完成的"凸现。理性没有根据的"无"吓退了受到法律制约的智性,正如在关系中被质询的"那无条件的"回答吓退了体系的形式原则,而侦探灵光闪现的办案过程将警察行动引为敌对,正如以抉择和承受为基础的所有人的认识视体系性的构造物为对手。

结　局

侦探小说的结局是理性无可争议的胜利——这是没有悲剧的结局，却混合了具有刻奇（Kitsch）美学成分的那种感伤。侦探小说莫不是最终由侦探照亮了黑暗，同时绝无缺漏地阐发一些庸常的事实；只差最后撮合那么一对年轻人了。这类出发点的美好在审美的媒介里对弥赛亚式结局进行歪曲，现实没有被计入在内，在现实里，结局会自行呈现。对于被定向的人，此地（das Hier）需要的拯救没有在此地被给予，直至现实的尽头，被定向的人方才经验到超现实的拯救，他并非亲身立于结局中，他在张力中与之相对而立，他活在过渡的王国，然而，王国自身不是他的生活。现实是分裂，是撕裂，对于那开放着的，现实是被打开的状态，现实同时是"有"（Haben）和"非有"（Nichthaben）。此外，当有可能和解的"那被分隔的"是实存的，和解或许近乎想象，现实又常常是一把虚无的声响。

侦探小说
Der Detektiv-Roman

只有不进入现实,现实方才可见,只有当在现实之外它仍然是现实,它才是现实。在现实开始之前,是"实存",是对生活的投入,这生活落入"那无条件的",又没有被从"那有条件的"之处夺走,在和解之前,是"那实存着的"之悲剧,是"那属于人的"基本悲剧,是"那完满的"无法实现,因为现实只在与"那完满的"关系之中。这一悲剧的经验是现实的符号,现实要求抉择,要求拯救,要求"那注定的"。如果对于希望落空之人,现实被期盼,不断期盼现实的人就会落空。因为,只有挤入现实的人才可能被"那超现实的"攫获。如果他预先接受"那彼岸的",他便迷失在了"那无条件的"之中,而不是在和"那无条件的"之关系中赢得自我复又失去自我,他略过了实存,取消了"那被追求的"之前提,"那被追求的"被树立为追求目标,消逝为海市蜃楼。

是以,有悲剧之处方有结局。经验到这一点在属于人的地方仍然是可能的,弥赛亚式结局则不会落入人的现实,或者说,只会突袭人的现实。当然,若现实因它之故而蒸发,它也蒸发。尽管它在童话里作为充实降临,可它毕竟是童话里的虚构。* 侦

---

* "以下适用于一般艺术,艺术意指拯救,因为它是完满之镜,因此,艺术的意向还没有将艺术变为童话自身。艺术的主题其实是现实,它与艺术在(转下页)

探小说和封闭的内在哲学的一致之处在于，经它插手的结局没有现实性可言。由于小说消除了张力，它就逃出了实存性的悖论，由于小说中的理性表明了它的权力，对此权力进行确认的终局胜利就提前预成定局。情节并非注定用来说明行动或者不行动，而是受到强烈导向，以致胜利必定登场，终局胜利表示确然性，而非悬疑未决，这确然性罢黜任何疑问，不适用于那些不以终局胜利为依归的，侦探分享胜利，在他看来，胜利在他的此岸是当下的（gegenwärtig）。借助于由胜利完成的同一性设定，哲学中的自治思想自认为有权左右结局，又不必踏入现实。通过对康德的继受而被平准的"先验观念论"（Transzendental-Idealismus）虽然（在审美媒介中）肯认"那悲剧的"的范畴，这一范畴却把引出可靠结局的过程编列为环节。在"先验观念论"看来，悲剧成了表象（Schein），因为，只有当不确定的抉择意味着"那一次性的"（das Einmalige），意味着除悲剧之外不自动意指其他结局的"那最终的"，悲剧

（续上页）审美的辖区进行连接，而只要'那现实的'与拯救有关，艺术就录下了现实的反光。"以上文字在本书首版中被列为注释，德版编辑同时说明，此段文字在手稿中被划去。但在 2006 年编注版中，这段文字重新被列入正文，因为在克拉考尔遗稿中找到的两份打字稿中，这两句话都未被删去。参见 2006 年编注版，第 343 页。

才是现实性的。与此相反,从关系中踏出来的"唯心论"对于那在关系中并非一目了然的不予考虑,同时,正如"唯心论"一如既往地误以为要考虑人格式的投入,它也从实存那里夺走关系发生事件(Beziehungs-Ereignis),以便将后者理解为通往终点路上的站点。

不过,通过对道路的确定,唯心论阻止了自己犯错,因为,如果确然性是现实的目标,现实性便会减弱。若唯心论取其狭义,则每一次思考都表现为相信终结自在自身:就连非理性主义,尽管是在运用并非触手可及的生活对抗自治理性的设定,却因此至少在原则上试图包含这一生活。是发出"心中有太阳"的唯心号令,*哪怕云层压顶也跟随号令奏着唱着行向终点,还是叔本华—哈特曼式的悲观主义对相反事实不是预言以告而是系统地设定,情况并无两样。同样地,无论是无阶级社会的开端被歪曲为内在的必然,还是进步持续不断地得以表明,或者生命的运动自备了最终的满足——此地和现在往往被牺牲并决定着一个或许只将现实作为确定的结局——结果亦无不同。通过"那最终的"毫不相关的选择,正是对"那

---

* "心中有太阳"(*Hab Sonne im Herzen*),诗人凯撒·弗莱施伦(Cäsar Flaischlen,1864—1920)的诗作。

最终的"进行的对象化从人的条件那里剥夺了"那最终的",而后者的到来便有赖于这些条件,事情到了这一步,"那最终的"就作为它可以意指的、被不完全测量之现实的结局出现了。结局到来时的陈述是不确定的且不稳定的,这些陈述既不表现为主观的任意要求(Willkürforderungen),也不表现为客观的确定认识,准确地说,它们是宣报或召唤,而且如此这般可言说只是出于对实存非同寻常的投入。由于将"那弥赛亚的"(das Messianische)系泊于人的连接,封闭的思考可能只有将在关系中把握到的结局的部分片段绝对化。这思考昏暗不明地突出结局的不可见(Unsichtbarkeit),以将不可见宣告为结局,将通往"那最终的"之道路解释为"那最终的",或者,它将王国的秩序从关系中拽了出来——这秩序在关系中是现实性的,而秩序没有表情地、无忧无虑地逆来顺受。这次抢先下手是一次暴力胁迫,是唯心思考进行形态设定的标志,这思考始于终点处,且因此常常有可能在开始处便通过表象现实向终点挺进。刻奇在审美区域反映出"那弥赛亚的"通过这番先占所经验到的歪曲,当刻奇安抚式地告终,已经没有现实开道。任何一种哲学,如果在轻视内在性的情况下将体系完结,它的实存性含义几乎不可能更具分量,而体系正是从"完结"这毫无张力的萌芽中生长出来的;当对于内行绝无意外可言的和谐最

侦探小说
Der Detektiv-Roman

终得以建立,风琴开始演奏,一样的和谐声音回响在电影院里的庄严场合(母亲的墓旁,圣诞节时)。以上哲学命题与刻奇的区别仅仅在于,它们意指"那本真的",却没有将之充实,刻奇则发现了一种充实,以之单纯地意指了"那本真的"。可是,结局的设定并不以投入为依据,不仅在思辨的唯心论中如此,在侦探小说的审美折射中也是如此,结局的设定是感伤的(sentimental),因为设定对归于和解的感受提出要求,不为这些感受提供现实。感伤是落入关系中空转的感觉,这种感觉因为营养不良而满足于自身,也令超现实结局的赞美诗在非现实的诸宗教中翻腾作响。从根本上说,当"那超现实的"展示在"那低于现实的"(das Unterwirkliche)之中,感伤产生,从其决定性含义,它是意指拯救的感受,这种感受缺乏意指,它是不曾被呼喊过的灵魂在展开之后的回声。在"那悲剧的"之后,当超越了"那悲剧的",一丝和解的微光闪烁着,当感觉直面这光,闪闪发亮,它才获得了现实性。接受考验的心如此的回应看起来或许也是感伤的,心耽溺于终结之梦,而诗人在心上盘桓,描绘它,混合着泪与笑,意义无法开解。然而,这种感伤,歌德跟陀思妥耶夫斯基一样熟知,塞万提斯当然也了解,它不是一种没有内涵的感觉,而是灵魂在发生事件的超强反光中开始激越地涌流。此处又唯有感受,因为感受所针对的发生事件未予给出。但是，对已经在现实中自我充实的被驱逐者而言，故乡映现，漫游四方的灵魂将他充溢，面对着来临，既悲又喜。侦探小说里的感伤不是这种将"那属于人的"尽收囊中者的游戏，而是对目标过早的簇拥。理性，它将一切摊在日光下，灌注迷失的感觉，伴随着无可置疑的内在关联的确立，结局同时出现。结局根本不是结局，因为它只终结了非现实，这结局引诱非实在的感受，而解决也并非解决，它们被导入结论，为的是将不存在的天堂逼落凡间。就这样，刻奇泄露了被去现实的思考，这思考伪装在最高领域的显象之中。

1925 年 2 月 15 日　完稿

索 引

A

abbilden 映像 114, 126

Abgelöstheit 超然，超然性 43, 87, 164

Abgeschiedenheit 孤离 35

Abglanz 反光 27, 173, 176

Absolute, das 那绝对的 81, 82, 85, 103, 134, 135, 143,

Absolutes 绝对者，绝对之物 26

Abstraktum 抽象，抽象物 66, 67, 68

Absurdität 背理性 162

Akt 行为 164

Aktualität 现时性 85

Allgegenwart 遍在 45

Allgemeine, das 那普遍的 52, 67

Allgemeinheit 普遍性，一般性 52, 60, 142

Allgemeingültigkeit 普遍有效性 52

Alltag 日常，日常生活 61, 65, 113

Anschauung 直观 140

Antinomie 二律背反 33, 35, 40, 152, 154, 158

Antithese 反题 110

Art 方式 37, 39, 56

ästhetisch 审美的 25, 39, 75, 77, 82, 86, 159, 171

Ästhetische, das 那审美的 38, 62, 63, 76, 144, 145, 161, 162

auffassen 立义 141

aufheben 扬弃 28, 30, 36, 43, 70, 95, 114, 153, 163

ausrichten 定向 27, 34, 43, 50, 51, 54, 60, 66, 101, 116, 124, 133, 154, 162, 171

Aussage 陈述 152, 175

Äußere, das 那外在的 45

Äußerlichkeit 外部性 52, 68

Außergesetzliche, das 那法外的 110, 116, 126, 131

Autonomie 自治 41, 63, 79, 156, 173

B

Bedeutung 含义 19, 20, 25, 32, 38, 39, 51, 54, 55, 56, 64, 76, 81, 92, 109, 114, 124, 128, 150, 152, 153, 155, 156, 158, 160, 163, 164, 165

Bedeutungslos 无含义的 34, 67, 70, 78, 152

Bedingte, das 那有条件的 26, 33, 51, 64, 76, 82, 160, 161, 162, 172

Bedingtheit 制约性 26, 41, 51, 66, 70, 101, 114, 123, 134, 142, 152, 153, 157, 161, 163, 165

Bedingung 条件 25, 64, 77, 133, 142, 145

Begebenheit 事件 35

Begrenztheit 局限性 161

Begriff 概念 25, 66, 67, 77

Beisichsein 自在 168

Besonderung 特殊 43, 51, 65, 66, 73

Beschaffenheit 性状 92, 141, 412

Bestimmung 规定，确定 45, 51, 60, 62, 63, 110, 114, 134, 142—145, 147, 155, 160, 162, 174

Bestimmung 使命 29, 36, 60, 64

Bewußtsein 意识 37, 39, 40, 50, 114, 162

Beziehung 关系 24, 26, 41, 51, 52, 55, 59, 60, 61, 64—67, 70, 71, 77, 88, 96, 101, 104, 107

Bild 图像 21, 24, 75

Bindung 联系 31, 32, 83

bloß 单纯的 24, 34, 43, 51, 61, 63, 65, 71, 72, 101, 105, 108, 141, 159

Böse 恶 32, 33, 64, 110, 157

D

darstellen 展示 19, 23, 25, 39, 42, 51, 75, 80, 84, 135, 152, 167, 176

Dasein 此在 40, 69, 85, 89, 104, 114, 157

Dämonische, das 那魔性的 111

Definitivum 定义 46, 62, 65

Deutung 释义 26, 39, 75

Dialektik 辩证法（论）129, 134, 135

Ding 事物 24, 52, 64, 101, 105, 107, 112

Dinghafte, das 那物性的 163

E

Ebenbild 本像 26, 77, 78

eigen 本己的 55, 63, 75, 78,

Eigensein 本己存在 65

Eigenste, das 那最本己的 65

eigentlich 本真的 35, 38, 40, 80, 124

Eigentliche, das 那本真的 76, 93, 123, 126, 129, 135, 138, 176

Eigentliches 本真之物 25

eindimensional 单向度的 24, 41, 41, 46, 67, 107, 114, 166

einebnen 平准 43, 115, 155, 173

Einheit 统一，统一性，统一体 37, 39, 42, 60, 116, 117, 131, 138, 144, 145, 152

einklammern 加括号 65

Einsicht 明察 142

Einzelheit 个别性 142

Elementarische, das 那基本的 26, 32

Element 要素 24, 37, 39, 43, 66, 102, 104, 117

Empirie 经验 87

Endliche, das 那有限的 134, 161

Endlichkeit 有限性 84, 120

Entfremdung 异化 138, 166

Entität 实体 146

Entstellung 扭曲 24, 73, 76

entwirklichen 去现实化 24, 26,

38, 46, 62, 76, 146

Ereignis 发生事件 35, 89, 133, 138, 153, 156, 165, 174, 176

erfahren 经验到 24, 39, 67, 73, 75, 107, 134, 142, 143, 152, 153, 159, 171, 172, 175

erfassen 把握 20, 36, 42, 101, 152, 153, 175

erfüllen 充实 60, 113, 151, 154, 176

Erfüllung 充实 65, 66, 122, 165, 172, 176

Erhabene, das 那崇高的 62

Erhabenheit 崇高性 63

Erkenntnis 认识 25, 84, 101, 102, 121, 134, 136, 142, 149, 156, 161, 163, 169

Erlebnis 体验 24, 114

erscheinen 显现 24, 137, 139, 143, 147, 164, 167

Erscheinung 显现 46, 56, 70, 87, 89, 130, 135, 146, 164

Ethische, das 那伦理的 46, 76, 123, 124, 125, 159, 162

Etwas 某物 67, 73, 77, 81, 104, 119, 135, 155, 160, 164

Existentialität 实存性 29, 30, 38, 75, 76, 96, 124

existentiell 实存性的 31, 40, 41, 54, 114, 160

Existenz 实存 27, 32, 35, 36, 43, 45, 50, 55, 61, 91, 101, 104, 116, 125, 146, 154, 157, 172

existieren 实存 26, 82

Existierende, das 那实存着的 31, 105, 148, 172

Existierender 实存着的人 26, 33, 43, 134

Exotische, das 那异域的 115, 116

F

faktisch 事实的 68,

Faktum 事实 72, 109, 112, 113, 116, 131

Figur 图形 105, 141, 150

Fixiertheit 固定性 142

Fixierung 固定 51, 52, 61, 66, 67, 100, 105, 123, 126, 144, 152, 165

Form 形式 20, 31, 40, 43, 54, 63, 65, 66, 70, 166, 169,

Formalisierung 形式化 106

Formung 立形，构形 37, 41, 59, 126, 128, 137, 143, 144, 150, 151

Freiheit 自由 34, 65, 66, 99, 100, 145, 150, 152, 154, 158

Fremdes 陌生之物 115

Fremdheit 陌生性 115

Fülle 充盈 67, 86

G

Ganzes 整体之物 39

Ganzheit 整体性 41

geben 给予 35, 78, 101, 126, 143, 155, 157, 167, 171

Gebiet 领地 30, 151

Gebilde 构成物，形成物，产物 24, 31, 37, 38, 57, 59, 60, 87, 107, 110, 120, 125, 142, 150, 152, 159

Gebot 命令 34, 64

Gefühl 感受 155, 176

Gegebene, das 那被给予的 66, 139, 144, 150, 158, 163, 164, 168

Gegebenheit 被给予性 25, 37, 39, 52, 55, 61, 75, 139, 141, 152

Gegenbild 对映形象 40, 60, 78, 168

Gegenstand 对象 26, 46, 50, 68, 141, 143, 150, 152

gegenwärtig 当下的 173

Geheimnis 神秘 24, 29—35, 40, 44—46, 50, 69, 70—73, 83, 85, 89, 95—97, 99, 100, 103, 105, 115, 124, 127, 129—131, 159, 163—165

Gehalt 内容，内涵 23, 25, 26, 39, 42, 44, 75, 114, 163, 164, 165, 167

Geltung 有效性 24, 52, 142

Gemeinde 会众，教众 59, 60, 61, 64, 69, 71, 103

Gemeinschaft 共同体 25—27, 29—33, 35—37, 40, 41, 44, 49, 54, 59, 60, 61, 66, 70, 93, 117, 120, 129

Gemeintes 意指 25, 39, 50, 93, 123—125, 131, 152, 165, 166

Generalisierung 一般化 142

Gerechte 义人 64

Gesamtmensch 所有人 26, 30, 31, 41, 42, 56, 62, 66, 68, 101, 114, 135, 138, 146, 149, 152, 153, 165, 169

Geschaffene, das 那被创造的 26, 130, 133, 143

Geschehen 发生 35, 50, 110, 136—138, 151—154, 156, 158, 160

Gesetz 法则 20, 25, 27—33, 40, 42—44, 46, 51, 60, 71—73, 75, 81, 85, 89, 95, 97, 100, 102—106, 114, 117, 128—131, 133, 144, 155, 156, 165

Gesetzliche, das 那法定的 109, 110, 124, 126, 128

Gesetzlichkeit 法定性 46, 127

Gesetzmäßigkeit 合法，合法性 43, 45—47, 51, 52, 77, 91, 95—101, 106, 109, 119, 126, 127, 129, 168

Gestalt 形态 19, 25, 34, 36, 63, 70, 71, 79, 81, 83, 85, 87—89, 137, 139, 144, 148, 175

Gestaltete, das 那被构形的 79, 83, 137, 144

Gewißheit 确然性 65, 161, 165, 173, 174

Gleichheit 平等 64—66, 68, 69, 76

Göttliche, das 那神性的 26, 33, 83, 126, 147

Grenze 界限 24, 29, 31, 35, 64, 70, 73, 88, 91, 115, 121, 124, 141, 143, 161, 162,

Größe 量 42

Grund 根据 55, 73, 89, 90, 117, 130, 147, 152—158, 160, 163, 164

H

Haben 有 171

Handlung 行动 24, 43, 44, 81, 94

heteronom 他律的 155, 166

Höhere, das 那更高的 63, 129, 159

I

Ich 自我 117, 142—144, 150

Idealgebilde 观念构成物 142

Idealismus 唯心论 174, 176

Idee 理念 20, 24, 33, 39, 46, 134, 144—146, 149—151, 154, 157

Identizierung 认同 77, 78, 85, 119, 126

Identität 同一性 26, 41, 120, 143, 153, 155, 156, 173

illegal 非法的 45, 54, 72, 73, 97,

110, 111, 114, 116, 117, 127, 128, 137

Illegale, das 那非法的 45—47, 54, 73, 77, 103, 105, 106, 109, 110, 113, 116, 119—121, 124—127, 129, 130

Immanente, das 那内在的 79

Immanenz 内在 40, 46, 72, 133, 141, 162

Imperative 命令 107

Inbegriff 总和 102, 142

Indifferenz 冷漠 43, 65, 103—105, 119, 123, 124, 127, 129, 159

Individuum 个体 40—44, 51, 62, 68, 70, 71, 152

Individuelle, das 那个体的 51

Inhalt 内容 21

Inkognito 隐匿身份 60, 147, 148

Innere, das 那在内的 42, 45, 103, 147

Innerlichkeit 内在，内在性，精神生活 40, 42, 111, 134, 146, 148, 157, 158, 164, 175

Intellekt 智性，智力 21, 40—43, 49, 56, 57, 67, 71, 79, 83, 84, 86, 90, 94, 111—113, 135, 137—139, 141, 169,

Intelligibel 理知的 154, 158

Intention 意向 25, 38, 63, 76, 83, 124, 125

intuitiv 直观的 24, 140, 142

Inwendige, das 那内部的 42

Irrationalismus 非理性主义 89, 174

Ironie 反讽 122, 123, 129, 160—162

J

Jenseitige, das 那彼岸的 148, 172

K

Kategorie 范畴 25, 41, 68, 76, 77, 97, 106, 125, 127, 129, 135, 137, 141, 143, 144, 159, 162, 167, 173

Kategorische Imperativ, der 范畴律令 67, 166

Kehrbild 倒像 66, 106

Kitsch 刻奇 171, 175—177

konkret 具体的 50, 55

konstituieren 构造 25, 116, 150, 155

konstitutiv 构造性的 39, 40, 55

Kontinuität 连续性 61, 102

Konvention 惯例 54, 69, 73, 78

Korrelat 相关项 41, 165

Körper 身体，躯体 91, 135—137

Kraft 力 126

L

Leere 空 43, 45, 61, 66, 67, 84, 168

Leerform 空形式 64, 71, 73, 76, 122, 166

Legale, das 那合法的 46, 47, 95—97, 100—104, 106, 109, 115, 116, 119—128, 168

Letzte, das 那最终的 64, 84, 117, 133, 134, 153, 162, 173—175

Letztes 最终者 88, 104

M

Magische, das 那有魔法的 83

Mannigfaltige, das 那多样的 105, 140, 143, 144, 150, 151, 159

Mannigfaltiges 多样物 168

Mannigfaltigkeit 多样性 38, 59, 67, 145

Material 材料 25, 110, 114, 124, 139, 140, 141, 167

material 质料的 155, 156

Materie 质料 91, 152, 162

Medium 媒介 24, 35, 40, 121, 128, 136, 138, 159, 171, 173,

meinen 意指 21, 24, 63, 65, 72, 76, 89, 104, 129, 138, 147, 151, 158, 159, 164, 168, 173, 176

menschlich 属于人的，人的 64,

Menschliche, das 那属于人的 27, 70, 72, 81, 82, 172, 177

metaphysisch 形而上学的 30, 40

Miteinander 共处 27, 29, 31, 35, 43, 105, 107, 143, 150

Mittel 手段 19, 55, 143

N

Name 名称，名字 24, 60, 69, 70, 71, 79, 124, 167

Natur 自然 26, 27, 64

negativ 否定的 38, 53, 91

Nichtexistenz 非实存 59, 62

Nichthaben 非有 171

Nichtigkeit 虚无 24, 33, 64, 70, 110, 164

Nichts, das 无 43, 59

Nirgendwo 无处 60, 164

Nominalismus 唯名论 51

Notwendigkeit 必然，必然性 52, 131, 152, 154—158, 174

Null 零 67, 68, 103

O

ober 在上的 24, 31—35, 40, 43—46, 50, 51, 53, 66—69, 72, 73, 88, 97, 99

Obere, das 那在上的 33, 44, 96, 123, 124, 127, 129, 146, 159, 163—166

Oberfläche 表面 71

Objekt 客体 52, 62, 91, 134, 139, 141—143, 149, 150, 155, 156

Objektive, das 那客观的 52

Öffentlichkeit 公共性，公共领域 104

Ontologie 存在论（本体论）53, 78, 135, 141, 142, 154

Ordnung 秩序 88, 93, 104—106, 130, 131, 139, 141, 175

Ordo 秩序 51

Ort 地点，位置 26, 30, 38, 59, 110, 117, 124, 144, 146, 149, 156, 162

P

Passivität 被动性 141

Person 人格 35, 53, 78, 116, 131, 138, 142, 146, 147

Persönlichkeit 个性 51, 52

Phänomen 现象 46, 52, 55, 65, 88, 110, 113, 114, 153

Position 立场 30, 68, 117, 124, 125, 164, 168

positiv 正定的 62, 65, 106, 162

praktisch 实践的 154, 156

progressus ad indenitum 向着无限的前进 84, 115, 144, 167

Psychische, das 那精神的 111

Punktualisierung 暂时强化 45, 110
punktuell 点截性的,点的 109, 137

Q

Quantität 量 91, 99

R

ratio 理性 23, 24, 39, 40, 42—45, 49, 50, 53, 55—57, 61, 63, 66, 67, 70, 73, 76—89, 91, 94—97, 103—107, 109—114, 116, 119—124, 126—130, 134—141, 143—145, 148, 149, 151, 154, 158—160, 162—169, 171, 173, 174, 177

Raum 空间 24, 27, 29—33, 35, 42—46, 52, 54, 60, 63, 65, 68—70, 77, 89, 104, 106, 112—115

räumlich 空间性的 114, 115

raumzeitlich 空间时间性的 114, 117, 138

rational 合理的 42, 83, 89, 91, 129, 131, 135, 145, 149, 151, 158, 163, 166

Realisierung 实在化 62

Realität 实在,实在性 21, 46, 51, 55, 80, 112, 113, 126, 127, 148, 149, 160, 163

Reduktion 还原 68, 138, 139

reduzieren 还原 99, 101, 111, 143

Reflexion 反思 26

rein 纯粹的 32, 38, 41, 42, 52, 62, 64, 72, 82, 94, 106, 152, 154, 158

Relation 关系 62

Repräsentant 被代现者 42, 81, 124, 141, 159

repräsentieren 代现 60, 70, 72, 77, 94, 123

Residuum 剩余 41, 52, 62, 68, 115, 119, 128, 135, 138, 141

richten 指向 33, 54, 55, 68, 77, 167

Rudiment 残余 42, 44, 50, 71, 105, 110, 119, 138

S

Sache 实事 73, 87, 106, 128
Schauer 颤栗 32, 113, 115
Schein 显象 66, 75, 77, 78, 110, 135, 177

Schein 表象 52, 54, 67, 73, 106, 173, 175

Schema 图型 41, 52, 53, 77

Scheinhaftigkeit 表象性 38

Schranke 界线 29, 161

Schreck 畏惧 32

Seele 灵魂，心灵 40, 50, 57, 85, 89, 117, 129, 135, 144, 148, 164—167, 176, 177

Seelische, das 那灵魂性的 49, 50, 55, 89, 111

Seelisches 灵魂之物 50, 57

Seiende, das 那存在着的 24, 36, 79, 107, 110, 141, 142, 147, 148, 150, 157, 161—164

Seiendes 存在之物，存在者 130, 146, 163

Sein 存在 41

Selbst 自身 24, 29, 37, 45, 50, 52, 62, 63, 69, 77, 101, 103, 133, 138, 143, 146, 147, 149

Selbstheit 自身性 147

setzen 设定 29, 53, 56, 57, 61, 63, 64, 66, 71, 84, 85, 87, 121, 133, 143

Setzung 设定 105, 110, 120, 127, 143, 153, 155, 156, 173

seyn 存有 157

Sichverhalten 自身施为 40

Sinn 意义 25, 35

Sinnesempfindung 意义感觉 141

sinnfremd 缺乏意义 110, 167

Sinngehalt 意义内涵 42, 163, 165

Sinnlosigkeit 无意义 55, 73, 97, 123, 164

Sinnzusammenhang 意义关联 39, 151

Sittliche, das 那德性的 63

Sollen 应然，应当 156

Spannung 紧张关系，张力，对立 26, 27, 29—31, 34, 35, 37, 40—42, 44—46, 52, 54, 55, 60, 61, 63, 66—69, 76—78, 84, 96, 97, 101, 102, 104—106, 114, 116, 134, 135, 138, 141, 142, 146, 152—154, 159, 162—167, 171, 173, 175

Spatiierende, das 那制造空间的 157

Sphäre 领域 23

Sprung 跳跃 162
Stoff 素材 38, 62, 140, 141, 150,
Struktur 结构 21, 39, 40, 53, 55, 75
Stück 块片 110, 138, 164
Stufe 层级 23, 30, 47, 153, 165
Subjekt 主体 52, 53, 62, 66, 85, 101, 135, 137, 139—144, 149, 150, 154, 155, 156
Substanz 实体，实质 24, 40, 68
Sünde 罪 45, 130
Sünder 罪人 64, 121, 130
Synthese 综合，综合法 117
synthetische Urteile a priori, die 先天综合判断 142, 144, 152
System 体系 67, 101, 102, 107, 110, 135, 157, 167—169, 175

T

Tatsache 事实 41, 49, 138, 155
temps espace 空间时间 88, 114
temps durée 时间绵延 88
Totalität 总体，总体性 39, 54, 75, 97, 99, 101, 102, 109, 110, 114, 126, 129, 134, 135, 139, 144, 145, 149, 152, 154—156, 158, 168

transzendental (das Transzendentale) 先验的，超越论的（先验）62, 66, 82, 101, 135, 137, 139, 141—144, 150
Transzendentale, das 那先验的 62
Transzendental-Idealismus 先验观念论 173
transzendent 超越的 80, 134
Transzendente, das 那超越的 26, 134
Transzendenz 超越 41, 44, 72, 87, 89, 93, 124, 130, 134, 147, 155, 159
Transparenz 透明性，透明 38, 123
Tun 所为 51, 65, 73, 94, 110
typisch 类型的，典型的 25, 39, 50
Typus 类型 19, 51, 52, 60, 160

U

Übergesetzliche, das 那超法律的 30, 45, 46, 95, 106, 109, 110, 116, 124, 126, 128—131
überhaupt 一般的 155
Übernatur 超自然 26, 27
Überpsychologisch 超心理学的 56

Überräumliche, das 那超空间的 114

über sich hinausweisen 超越指向 35, 69, 72, 117, 146

Überwirkliche, das 那超现实的 36, 172, 176

Überzeitliche, das 那超时间的 52, 105, 114, 147

umgreifen 统摄 75, 95, 99, 136, 162

Umwelt 环境世界 150

Unbedingte, das 那无条件的 26, 33, 51, 67, 81, 122, 134, 143, 145, 153, 155, 161—163, 169, 172

Unbedingtheit 无条件，无条件性 90, 114, 123, 137, 139, 143, 144, 150, 163, 164

Unbekannte, das 那未知的 34

Unbewisse, das 那不确然的 35

Unendliche, das 那无限的 134, 161

Unendlichkeit 无限性 84, 91, 120, 161, 166

Unerforschliches 不可究诘者 153

Ungegenständlichkeit 非对象性 147

Unrecht 不义 53, 128

unsinnlich 非感官的 86

Untere, das 那在下的 32, 33, 44

Unterwirklich, das 那低于现实的 176

Unvollkommenheit 不完满，不完满性 29, 32, 33, 60, 92

Unwirklichkeit 非现实，非现实性 39, 61, 78, 168, 177

ursprünglich 原初的 42, 89

Ursprüngliche, das 那原初的 111

V

verabsolutieren 绝对化 49, 135

Verbindung 联结 30, 59, 86, 97, 138, 149

Verbundenheit 紧密关系 32—35, 40, 42, 51, 53, 54, 69, 70, 164

verdinglichen 物化 138

vergegenständlichen 对象化 146, 153

Vergesellschaftung 社会化 65, 66

Verknüpfung 连接 29, 32, 40, 59, 72, 78, 97, 130, 133, 134, 138, 144, 147, 149, 159, 163, 164, 166, 175

Vermögen 能力 143, 165

Vernunft 理性 106, 155

Vernünftigkeit 合理性 156

Verräumlichung 空间化 114

Verstand 知性，理解 142, 145

Verzerrung 歪曲，曲解 25, 37, 44, 79, 102, 106, 135, 151, 175

Vollendung 完整 36

Voraussetzung 前提 25

Vorbild 前像 52

Vordergrund 前项 65

vorgegeben 在先被给予的 79, 107, 137,

Vorgestalt 前形态 36

Vorhandensein 在手存在 30, 114

W

Wahrheit 真理 51, 82

Was 什么 106, 159, 160

wechselseitig 交互的 69

Wechselverhältnis 交互关系 109

Wer 谁 159

Werden 变易 164

Wesen 本质 31, 110, 114, 147, 164

Wesen 存在者，存在物 27, 35, 69, 127

Wesenhaftigkeit 具本质性 148

Wesenheit 本质性 52, 107, 131

Widergesetzliche, das 那违法的 30, 32, 45, 46, 109, 110, 116, 131

Wie 如何 159, 160

Willkür 任意 107, 175

Wirkliche, das 那现实的 68, 78, 80, 99, 106, 107, 123, 133, 145, 168, 173

Wirklichkeit 现实，现实性 23—25, 33, 35—41, 51, 52, 55, 57, 59, 60, 64, 66, 67, 75—81, 100—102, 106—110, 114, 116, 124, 130, 133—135, 142, 145, 148, 150, 152—158, 162, 163, 167, 168, 171—177

Wort 字词 24, 27, 44, 51, 68—70, 76, 107

Wunder 神迹 31, 34, 55, 148, 149

Z

Zeichen 符号 35, 77, 109, 172

zeitlich 时间性的 114, 146, 146, 166

Zeitlichkeit 时间性 26, 61

Zufall 偶然，偶然事件 150—158

Zugleich 同时 30, 114

Zusammen 一起 114

Zusammenhang 关联 23, 25, 29, 31, 35, 39, 89, 112, 131, 138—141, 145, 146, 149—151, 153—156, 158—160, 164, 166, 167, 177

Zuschauer 旁观者 19, 26

Zweckmäßigkeit 合目的性 62, 63

Zwischenzustand 居间状态 27, 30, 35, 41

译者的话

对于克拉考尔的《侦探小说》写作具有示范意义的作品是卢卡奇的《小说理论》。1962年，卢卡奇在为这篇发表于1916年的理论文章所写的出版前言中表示："《小说理论》的作者曾拥有一种旨在把'左'的伦理学和'右'的认识论（存在论等等）融合起来的世界观。"* 同时，他引用了卡尔·洛维特（Karl Löwith）在1941年的评论："尽管他们[马克思和克尔凯郭尔——卢卡奇注]彼此相距很远，但他们彼此是近似的，那就是对现存事物的一致抨击和来源于黑格尔。"** 在该版前言中，卢卡奇表明了自己与四十年前写作的切割，同时简要勾勒出1920年

---

* 卢卡奇，《小说理论》，燕宏远、李怀涛译，商务印书馆，2013，北京，第12页。

** 同上，第10页。

侦探小说
Der Detektiv-Roman

代欧洲思想潮向的主要面貌。《侦探小说》的思考正是以这一时代为土壤的,而克拉考尔随后多样化写作的众多线头也或深或浅地埋伏在了这一研究当中。举凡《侦探小说》所涉主题与方法:对"侦探小说"类型创作进行形而上学阐释,《小说理论》历史哲学论的文学批评方法,克尔凯郭尔的审美、伦理、宗教三阶段理论,胡塞尔的现象学概念,齐美尔对现代性体验的论述,以及克拉考尔早期写作中对德国唯心主义的一贯注目,无一不对翻译多设考验。在此,译者要特别交代一处译法,期以折冲读者与原作之间可能被翻译凭空拉大的距离。

这里讨论的是译者在《侦探小说》翻译中对形容词名词化的处理,具体即带定冠词的形容词名词化,例如,"absolut"(意为"绝对的")被名词化为"das Absolute","letzt"(意为"最后的")被名词化为"das Letzte","seelisch"(意为"灵魂的,心灵的")被名词化为"das Seelische",不一而足。以"das Absolute"为例,仅从构词规则论,中译的惯常处理是"绝对的事物",然而,此处的名词是要在实体(如某物)或非实体(如某种感受)上捕捉并强调由形容词所描述的性状(或属性、特性),从而以此性状(或属性、特性)作为标准来区分可以归属于该词和不归属于该词的各种可能的"Etwas(意为"某物")"

（抑或说是该性状或属性、特性的载体），因此，"事物"这一侧重于"实体"的用词在描述抽象存在时就有失准确和概括性。直至读到克尔凯郭尔的最新中文译本，译者在处理这类名词翻译方面的困扰终于得到了解决。

这套中译本是由中国社会科学出版社出版的《克尔凯郭尔文集》，予我惠助的是由京不特先生从丹麦语译出的《非此即彼》、《恐惧与颤栗》等卷。京不特先生在《译者的话》中特别就克尔凯郭尔对于带定冠词的、由形容词转变而来的名词（丹麦语）的保留使用进行了说明，*他解释这一构词法所特有的理论语境（施莱格尔**提出的"das Interessante"概念），分辨克尔凯郭尔保留使用的理论意图。以"das Interessante"为例，京不特先生将之译为"那令人感兴趣的"，如此便兼顾了对引人兴趣的事物（具体的）和刺激性的倾向或感受（抽象的）的表述。在含义传达和翻译风格两层面，译者以为京不特先生的这一处理明晰且直朴，是以，在相关名词的翻译中，借用了京不特先生的处理方法，如，"das Absolute"被译为"那绝对的"，"das

---

*　克尔凯郭尔，《克尔凯郭尔文集》，第二卷，《非此即彼》（上），京不特译，中国社会科学出版社，2009年6月，《译者的话》注释一。

**　弗里德里希·施莱格尔（Friedrich Schlegel, 1772—1829），德国诗人，文学评论家，哲学家，语言学家和印度学家。他是德国耶拿浪漫派的核心人物。

侦探小说
Der Detektiv-Roman

Letzte"被译为"那最终的","das Seelische"被译为"那灵魂性的"("那心灵的"),以此类推,同时,为在行文中示以区别,引号也被保留。对于京不特先生给予的启发和帮助,我要表达诚挚谢意,在《侦探小说》的文本内,若此借用有失虑之处,责任当在译者。

《侦探小说》的中文版非常荣幸地邀请到慕尼黑大学因卡·米尔德-巴赫教授(Prof. Dr. Inka Mülder-Bach)撰写导读。在向她介绍了克拉考尔在中国的出版和接受状况之后,译者请米尔德-巴赫教授借由本书为中国的读者介绍和评论克拉考尔在1920年代的写作和理论坐标,衷心感激她在有限篇幅中做出的精彩梳理。

感谢我合作过的编辑贾超二女士,她曾给予我在任何时候都倍感珍贵的信任。感谢张羿先生,他的翻译态度和求知热情是我在工作中的榜样。感谢本书编辑邹震博士的专业工作和对我的包容。感谢周彬先生,他总是予我最及时的鼓励。

望读者不吝指教。

黎 静